成瀬は信じた道をいく

宮島未奈
Miyajima Mina

新潮社

成瀬は信じた道をいく

ときめきっ子タイム

「膳所《ぜぜ》から世界へ！」

ステージに立ったゼゼカラの二人が指を斜めに振り上げた瞬間、心臓がつかまれたみたいにぎゅっとなった。水色のユニフォームを着た二人はライトに照らされて、アイドルのようにきらきらしている。その背後には見慣れた校舎が見えるのに、なんだか現実じゃないみたい。

ふわふわした気持ちのまま、ゼゼカラの漫才を見た。見ている間じゅう、口が開いたままだった。わたしは家に帰ってすぐ、いつも使っているノートの表紙に「膳所から世界へ！」と消えないマジックで書いた。

「十月のときめきっ子タイムでは、ときめき地区で活動している人を調べて発表してもらいます」

担任の奥村《おくむら》先生が言った瞬間、斜め前の席の野原結芽《のはらゆめ》ちゃんがにやにや笑ってこっちを向いた。きっとわたしの考えがバレてるんだろう。わたしはノートの表紙に書いた「膳所から世界へ！」の文字を見つめた。

わたし、北川《きたがわ》みらいは大津《おおつ》市立ときめき小学校に通う四年生だ。小学校は膳所駅からびわ湖方面に下る坂の途中にある。もともとは馬場《ばんば》小学校という名前だったけれど、平成のはじめに坂の名前が「ときめき坂」になったのがきっかけで、ときめき小学校になった。

ときめきっ子タイムは難しい言葉でいうと「総合学習の時間」で、ときめき地区の歴史や特色を学ぶ時間だ。今月はときめき地区で活動している人がテーマらしい。わたしが調べたい人なんて、あの人たちしかいない！

「それでは、班ごとに誰を取り上げたいか話し合ってみましょう」

机をくっつけるなり、わたしは「ゼゼカラがいい！」と声を上げた。結芽ちゃんは「やっぱり！」と笑う。

「誰それ」

同じ班の男子、たいちゃんとくらっちは声をそろえた。みんなもゼゼカラの名前ぐらいは知っているかと思ったけれど、そうじゃないんだとがっかりする。

「ときめき夏祭りで司会をしてる人たちだよ」

結芽ちゃんが言うと、くらっちは「あぁ、あのユニフォームの人たちね」と思い当たったみたいだけど、たいちゃんはメガネのフレームを触りながら「行ったことないからなぁ」と首をかしげる。

ゼゼカラは成瀬《なるせ》あかりさんと島崎《しまざき》みゆきさんによる、女子高生の二人組だ。毎年八月に行われるときめき夏祭りで司会をしている。

今年のときめき夏祭りでわたしはお財布をなくしてしまい、泣きながら探していた。おばあちゃんに買ってもらったマイメロディのピンクのお財布。お金はそんなに入っていなかったけれど、どこに行くにも持っていたお財布をなくすのは悲しい。結芽ちゃんも一緒に探してくれたけれど、なかなか見つからなくて途方に暮れていた。

体育館の脇の植え込みをかき分けて探していたときだった。

「どうかしたのか」

声をかけられ振り向くと、水色のユニフォームを着た女の人が立っていた。さっきまでステージの上で司会をしていた人だ。芸能人が目の前に現れたみたいにドキドキして、わたしは何も言えなかった。

「この子がお財布をなくしちゃって、一緒に探してるんです」

わたしの代わりに結芽ちゃんが答えてくれた。

「それは大変だ。本部に届いているかもしれないから、見に行こう」

ユニフォームの背中には「ＮＡＲＵＳＥ」と書かれていて、その人が成瀬さんだとわかった。わたしは歩きながら、落としたお財布の特徴を説明する。

「この子がマイメロディの二つ折りの財布をなくしたらしい。届いてないか」

「落とし物ならいくつかあったけど……」

おそろいのユニフォームを着た女の人が、テントの奥の方にあるダンボールを探しはじめた。その背中には「ＳＨＩＭＡＺＡＫＩ」と書いてある。

「あっ、マイメロちゃんのお財布あるよ。これかな？」

島崎さんがピンクのお財布を取り出した瞬間、うれしくて自然と両手が上がっていた。

「それです！」

「貴重品だから、念のため名前を聞かせてもらえるだろうか」

島崎さんから財布を受け取った成瀬さんは、真剣な表情のままわたしに尋ねた。

「北川みらいです」

成瀬さんはテントに入っていき、はっぴを着たおじさんに話しかけている。返してもらえなかったらどうしようって不安になったけれど、成瀬さんはすぐに戻ってきてお財布を渡してくれた。

「待たせてすまない。実行委員長に確認を取っていた。見つかってよかったな」

「ありがとうございます！」

「よかったね」

結芽ちゃんも自分のことみたいに喜んでくれた。

夏祭りの最後のほうで、ゼゼカラは漫才を披露《ひろう》した。近所のスーパーの平和堂をネタにした漫才で、テレビで見る漫才と同じぐらいおもしろかった。さっき、本部テントでお財布を渡してくれた二人が注目を浴びている。わたしは信じられない気持ちでステージを見上げていた。

そのあとの江州音頭《ごうしゅうおんど》のときに話しかけようと思ったけれど、二人はたくさんの人に囲まれていたから近寄れなかった。

「ゼゼカラはみらいちゃんの推しなの」

結芽ちゃんが男子に説明する。

「うーん。それはそれで地域密着型でいいと思うんだけど、調べたことをまとめて発表しないといけないから、お店の人とか、話を聞きやすい人のほうがいいんじゃない？」

たいちゃんの指摘はもっともだ。ゼゼカラの二人がときめき地区に住んでいることは知っていても、会えるかどうかはわからない。くらっちも「そんな無名の人より有名人にしようぜ。西川貴教《にしかわたかのり》とか」とふざける。

「ゼゼカラだって有名だよ」

むきになったわたしは、タブレットで「ゼゼカラ」を検索して見せた。

「えっ、ゼゼカラってお笑いコンビなの？」

一番上にＭ《エム》－１《ワン》グランプリのページが表示されたおかげで、くらっちが食いついた。ページを開くと、成瀬さんと島崎さんの写真が出てくる。わたしは前にお母さんのスマホでこのページを見て、だからあんなに漫才が上手かったんだと納得した。

「へぇ、成瀬さんは膳所高のかるた班なんだ」

たいちゃんは二番目に表示されたニュースサイトを開いて、記事を読んでいる。膳所高は滋賀で一番頭のいい高校だから、興味があるんだろう。男子二人にも興味を持ってもらえて、手ごたえを感じた。

「誰のことを調べてるの？」

奥村先生が回ってきて、たいちゃんが見ているタブレットに目をやった。

「ゼゼカラという高校生のコンビです。二人ともときめき地区に住んでいて、地域の夏祭りの司会をしています」

わたしが説明すると、先生は「へぇ〜」と言ってタブレットの画面を確認した。高校生はダメって言われたらどうしよう。ドキドキしながら見つめていると、先生は意外なことを言った。

「たしか、校長室の前に飾られてる絵に成瀬あかりって書いてなかったかな？」

「ええっ」

ゼゼカラファンとして一生の不覚だ。先生の許可をとって四人で見にいくと、観光船ミシガンの絵が額に入れて飾られていた。先生の見間違いであってほしいと願っていたけれど、そこにはばっちり「成瀬あかり」と書いてある。赤い外輪が本当の大きさよりもかなり大きく描かれていて、迫力のある絵だ。

「まずは校長先生に聞いてみよう」

くらっちが言い出した。

「そんな、いきなり行っていいの？」

校長先生と直接話したことなんてほとんどないから緊張する。

「授業に関係あることだから大丈夫でしょ」

くらっちが「失礼しまーす」と軽い調子で校長室のドアを開ける。

「はい」

机に座っていた校長先生がこっちを見た。

「四年四組の三班です。そこに飾ってあるミシガンの絵を描いた、成瀬あかりさんについて調べています」

たいちゃんが言うと、校長先生は立ち上がって部屋を出た。わたしたちも一緒に成瀬さんの絵の前に集まる。

「成瀬さんはこの学校の卒業生です」

校長先生がもったいぶって言うので、「それは知ってるよ」と心のなかで突っ込みを入れる。

「これは成瀬さんが五年生のときに、琵琶湖の絵コンクールで琵琶湖博物館長賞をもらった絵です。成瀬さんから寄贈されて、飾ってあります」

「校長先生は成瀬さんを知っているんですか？」

結芽ちゃんが尋ねると、校長先生は首を横に振った。

「わたしも直接は知りません。三年前、この学校に来たときには成瀬さんを知る先生が多くいて、いろんな話を聞かせてくれました。夏休みの自由課題を全部やってきたとか」

四人の「えーっ？」の声が重なった。夏休みには絵画、作文、書道などのコンクールのリストが配られて、好きな課題を自由にやることになっている。わたしは絵を一枚提出するだけでいいやと思っていたから、全部応募するなんて考えもしなかった。

「あと、振り込め詐欺を防いだという話も聞きました。スマホで通話しながらＡＴＭを操作しているおばあさんを見て、怪しいと思った成瀬さんが話しかけて、振り込まずに済んだそうです。ほかにも、ひったくり犯を捕まえたことがあると聞いています」

「すげー！」

くらっちは驚いているけれど、お財布をなくして困っていたわたしにも声をかけてくれたし、成瀬さんならやりそうだと思う。

「わたしたち、ときめきっ子タイムでときめき地区で活動している人を調べることになって、成瀬さんたちのことを知りたいと思ったんです」

「それは面白そうですね」

校長先生からもお墨付きがもらえたようで、わたしはうれしくなった。

「でも、残念ながらわたしは成瀬さんの連絡先を知りません。夏祭りの実行委員長をしている、吉嶺《よしみね》マサルさんに訊いてみてはどうですか」

吉嶺さんは膳所駅の近くにある法律事務所の弁護士さんらしい。手がかりがつかめてほっとする。

「ありがとうございました」

わたしたちは校長先生にお礼を言って、教室に戻った。

「成瀬あかりさんって名前、僕もどこかで見たことある気がするんだけど」

今度はたいちゃんが言い出した。

「えっ？」

またしてもわたしは見落としていたのだろうか。悔しい気持ちがおなかの中で膨らむ。この学校でわたしが一番のゼゼカラファンだと思っていたのに、知らないことだらけだ。

「通学路で見かけた気がするんだよね……。見つけたら写真に撮ってくるよ」

「わたし、ちゃんと自分の目で確かめたい」

かくして、その日の放課後、たいちゃんの家の方向に歩いていくことにした。普段は別の子と一緒に帰っている結芽ちゃんも、「なんか面白そう」と言ってついてきた。

わたしと結芽ちゃんはびわ湖側に住んでいるが、たいちゃんは膳所駅と国道を越えた山側に住んでいる。同じ学区でも膳所駅の向こうに行くことなんてほとんどないから、知らなくてもしかたないと自分に言い聞かせる。

「あっ、これこれ」

たいちゃんは歩行者用信号の電柱に立てかけられた看板を指差した。そこには交通安全標語が書かれている。

信号を守って守る　わたしの未来
大津市立ときめき小学校六年　成瀬あかり

「すごい！　『みらい』って入ってる！」

結芽ちゃんに言われて、自分の名前が入っていることに気付く。わたしは悔しかった気持ちも忘れて感動していた。

「『守って守る』ってちょっと変な言い回しだと感じて、覚えてたんだ。こういう引っ掛かりのある言い回しのほうが印象に残るのかもしれない」

たいちゃんは顎《あご》に手を当てて分析している。わたしはタブレットで成瀬さんの標語が書かれた看板の写真を撮った。

「せっかくだし、これから校長先生が言ってた弁護士の人に会いにいく？」

「でも、いきなり行ったら迷惑じゃないかな。ちゃんとアポを取らないと……」

結芽ちゃんとたいちゃんもゼゼカラ調べに協力してくれるのがわかって、うれしくなる。ここは言い出しっぺのわたしがちゃんとしないと。

「今日帰ったら、弁護士さんに電話をかけてみるよ」

「みらいちゃん、知らない人に電話かけられるの？」

「かけたことないけど、がんばってみる」

ふと気付くと、黒いリュックを背負ったセーラー服の女子高生がわたしたちのそばで立ち止まっていた。歩道に固まっていたせいで、邪魔になっていたようだ。

「すみません」

避《よ》けようとしたわたしは、女子高生の顔を見て尻もちをついた。思いがけないことが起こると、本当に腰が抜けるらしい。

「大丈夫？」

結芽ちゃんとたいちゃんが心配そうに言うので、わたしは震えながら女子高生を指さした。

「な、な、成瀬さん」

成瀬さんのことばかり考えているせいで幻が現れたのかと思ったけれど、結芽ちゃんもたいちゃんも成瀬さんのほうを見ているから実体はあるらしい。

「いかにもわたしが成瀬あかりだ」

成瀬さんはこちらに手を差し出した。反射的にその手を握ると、わたしの手を引いて立たせてくれた。

「うちの班でゼゼカラを調べようということになって、この看板を見に来たんです」

たいちゃんが言うと、成瀬さんは「えっ」と漏らした。

「ダメですか……?」

断られたらどうしようとおそるおそる尋ねると、成瀬さんは気を取り直したようにわたしを見て「いや、構わない」と答えた。

「新聞に取り上げられたことはあるが、小学生からそんな申し出を受けるとは思ってもみなかった。君たちは何年生だ?」

「ときめき小の四年です」

「すると、わたしの八学年下ということか」

わたしはちょっとびっくりした。お父さんとお母さんと同じぐらい大人に見えていたのに、八歳しか違わないんだ。

「この標語、成瀬さんが考えたんですよね」

「そのとおりだが、今見ると未熟で恥ずかしいな」

成瀬さんが腕を組んで看板に目をやる。

「校長室の前にも成瀬さんの絵が飾ってあるのを見ました」

「あぁ、まだ飾ってくれているんだな」

成瀬さんは表情を変えないで話すから、喜んでいるのか怒っているのかわからない。

「ゆっくり話をしたいところだが、こんなところでは通行の妨げになる。それに、君たちは下校中ではないか? 場所と時間を改めたほうがいいだろう」

痛いところをつかれてドキッとする。わたしも結芽ちゃんもランドセルのまま通学路じゃない場所にいる。先生に言いつけられたらどうしよう。

「わたしは塾にも習い事にも行っていないから、小学生のほうが忙しいかもしれないな。いつがいいだろうか」

わたしたちは顔を見合わせた。いつがいいかと訊かれても、どう答えたらいいのかわからない。わたしは水曜日にスイミングがあるし、結芽ちゃんはピアノとお習字を習っていて、たいちゃんも塾に行っているらしいから予定が合いそうにない。

何も言えないわたしたちの様子を見て、成瀬さんが口をひらいた。

「それでは今度の土曜日の十時から十二時の間、オーミーの一階のイートインスペースにいるようにする。好きなタイミングで来てくれたらいい。もし誰も来なくても、時間の無駄にならないよう勉強しているから大丈夫だ」

オーミーはときめき坂を下ったところにある商業施設だ。成瀬さんの提案に、わたしは「わかりました!」と大きな声で返事をした。

「ところで、成瀬さんは学校の帰りですか?」

たいちゃんが尋ねた。

「あぁ。パトロール中なんだ」

「パトロール?」

成瀬さんは左腕につけている赤い腕章《わんしょう》を指さした。そこには「パトロール中」と書かれている。

「下校ついでにときめき地区を巡回している。今日はたまたま火曜日で国道コースだったから君たちに会えた」

成瀬さんは「また会おう」と言い残して去っていった。

まさか今日会えるなんて思ってなかったから、ときめき坂を下っている間も夢だったんじゃないかってドキドキしていた。トトロに会えたサツキちゃんとメイちゃんもこんな気持ちだったのかもしれない。

家に帰ったわたしはリビングの壁にかかっているカレンダーに直行した。土曜日のところには何も書かれていない。うきうきした気持ちで「10時　オーミー」と書き込んだ。


次の日、成瀬さんに会えたことをくらっちに伝えると「えーっ?」と驚いていた。

「土曜日の十時からオーミーでインタビューに答えてくれるって」

「あー、でも俺、土曜日は無理だ」

「僕も塾の宿題があるから無理そう。ごめんね」

結芽ちゃんも「行けたら行くね」とだいぶ適当な感じだったけれど、わたしは全然平気だった。土曜日は何も予定がないから、二時間ずっと成瀬さんとお話できる。ときめきっ子タイムで発表する内容だけじゃなくて、趣味とか好きな食べ物とか、いろんなことを聞いてみたい。

わたしは三人の意見を聞きながら、成瀬さんへの質問をノートにまとめた。なぜゼゼカラをはじめたのか、なぜ夏祭りの司会になったのか、なぜときめき地区のパトロールをしているのか。わたしが今まで気になっていたことを成瀬さんに直接聞けるなんて、またとないチャンスだ。

ほかの班では、ときめき市民センターの職員さんや、ときめき坂のパン屋さん、膳所駅近くのお風呂屋さんに話を聞くらしい。

「きっとゼゼカラを知らない子も多いから、どんな人たちか伝わるような発表にできるといいね」

奥村先生にアドバイスされて、イメージがはっきりした。わたしが好きなゼゼカラのことを、みんなに知ってほしい。

「よし、がんばろう！」

わたしが言うと、「気合い十分だね」と結芽ちゃんが拍手してくれた。


金曜日の夜はなかなか寝付けなかった。成瀬さんに聞きたいことは全部聞けるだろうか。なにか失礼なことを言って嫌われてしまったらどうしよう。

オーミーの一階がオープンするのは九時半だ。そわそわして家にいられなくなったわたしは、九時四十分にはイートインスペースに着いた。まだ誰もいなくて、パン屋さんからいいにおいがしている。

小学生が一人で座っていたら怪しまれるかもしれないと思い、わたしはフレンドマートの店内をうろうろすることにした。だいたい、イートインスペースに座るにはなにか買ったほうがいい気がする。

お菓子売り場の通路に入ると、棚と向き合う成瀬さんがいた。薄茶色のワンピースを着ていて、いつもと雰囲気が違う。

「おはようございます」

「おう」

成瀬さんはわたしに気付いて右手を上げた。

「イートインスペースに入るために買い物をしている」

「気を使わせてしまってすみません」

「わたしが食べたいものを買うから気にしなくていい」

成瀬さんはおやつ昆布をＨＯＰ《ホップ》マネーで精算すると、イートインスペースに移動した。テーブル席に座っている女の人がわたしたちに向かって手を振っている。

「島崎さんも来てくれたんですね」

わたしが言うと、島崎さんは笑った。

「すごい、わたしのことも知ってくれてるんだ」

「そりゃ、ゼゼカラといえば成瀬と島崎だからな」

「普通の人は成瀬と違って人の名前覚えてないんだよ」

ただの会話も漫才みたいで笑ってしまう。成瀬さんが島崎さんの隣に腰を下ろしたので、わたしは成瀬さんの向かいに座る。

「君は北川みらいだな」

成瀬さんに言われて、わたしは固まってしまった。夏祭りのときに言った名前を、まさか今でも覚えているなんて。

「びっくりさせてごめんね。成瀬は人の名前を一度聞いたら忘れないから」

わたしはあわててノートを広げ、「成瀬さんは一度聞いた名前を忘れない」と書いた。

「よかったら食べてくれ」

成瀬さんはおやつ昆布の袋を開けて、一切れ口に入れた。

「そんな渋いの小学生は食べないよ」

「わたしは幼稚園の頃から食べているのだが」

わたしは食べたことがなかったけれど、成瀬さんが食べているものに興味があったから、ひとつつまんで口に入れた。

「たくさん噛むと唾液が出て虫歯予防になるし、脳の活性化にもつながる」

言われたとおりにたくさん噛んでみたものの、チョコレートやポテトチップスみたいなおいしさがなくて、おやつの仲間に入れるには無理があるように思えた。

「何の授業でゼゼカラを調べるの?」

島崎さんも昆布を食べながら尋ねる。

「ときめきっ子タイムで、地域で活動している人を調べることになって、ゼゼカラを調べることにしました」

「わたしたちの頃にもそんな課題あったっけ?」

「あった。わたしは大津警察署の警察官に話を聞いて防犯を学んだ」

二人が仲良く話しているのを見られてうれしいはずなのに、のどの奥が詰まるみたいな感覚がある。なんとなく仲間はずれにされているような、一人だけ寂しいような気持ちだ。結芽ちゃんが来てくれたら心強いけれど、結芽ちゃんとわたしはゼゼカラの二人ほどは仲良くない気がする。

「二人はどうしてゼゼカラになったんですか？」

「中学二年生のとき、Ｍ‐１グランプリに出ることになったんだ」

「成瀬が『お笑いの頂点を目指す』って言い出したんだよ」

島崎さんは笑顔で言うが、わたしは笑っていいのかわからなかった。いくら成瀬さんでも、Ｍ‐１グランプリで優勝するのは難しいだろう。もしわたしが学校でそんなことを言ったら笑われるに違いない。

「ゼゼカラの名前は島崎が付けたんだ」

「そう。最初は『膳所から来ました！』って言って漫才をはじめてたけど、膳所で漫才をやるのにその入り方はおかしいなって思って、『膳所から世界へ！』に変えたの」

「すごくいいなと思って、わたしもここに書いたんです」

わたしはノートの表紙に書いた「膳所から世界へ！」の文字を見せた。

「わぁ、ありがとう」

「わたしも『膳所から世界へ！』は素晴らしいキャッチフレーズだと思っている」

成瀬さんは真剣な表情でうなずいた。

ゼゼカラの歴史について聞いていると、「やっほー！」と言って結芽ちゃんがやってきた。ちゃんと覚えていてくれたんだとほっとする。

「同じ班の結芽ちゃんです」

「こんにちは」

結芽ちゃんは軽く頭を下げて、わたしの隣の席に座った。

「ゼゼカラの歴史について聞いたよ」

「へぇ～、すごいね」

ノートの見開き二ページが二人の話した内容で埋まっている。

「二人はもう高校三年生ですよね？　どこの大学を受けるんですか？」

結芽ちゃんが遠慮のない調子で話すので、わたしは心配になる。そんな踏み込んだことを訊いて大丈夫だろうか。

「わたしは京都大学を受けるつもりだ」

「わぁ、すごい！」

わたしよりも早く結芽ちゃんに反応されて、なんだか悔しい。

「わたしは東京の大学に行く予定なの」

島崎さんの答えに、鉛筆を持つ手が止まる。

「引っ越しちゃうんですか？」

「うん。でも、ちょくちょく戻ってくるつもり」

「えー。寂しいです」

すぐに返答する結芽ちゃんの隣で、わたしは体が冷えていくのを感じた。島崎さんがときめき地区からいなくなっちゃうなんて。

「えっ、そんな、泣かないで」

島崎さんのあわてた様子で、自分が泣いているのがわかった。島崎さんがいなくなるのはもちろん寂しいのだけど、それだけじゃない。ときめき地区が、わたしが当たり前だと思っていることが、少しずつ崩れていくのが不安なのだ。

これまでも同級生が転校すると聞くと、全然話したことがないような子でも寂しかったし、不安だった。その子が引っ越したあとも学校はいつものように続いているけれど、その子は本当に別の学校に行ったのか、もしかしたら消えちゃったのかもしれない、なんてことを思っていた。

こういうことを上手く伝えられる気がしなくて、わたしは涙を流しながら「大丈夫です」と顔の前で手を振った。

「みらいちゃんはよく泣くんです」

結芽ちゃんが二人に説明する。たしかにわたしは学校でもときどき泣いてしまうことがある。泣かないほうがいいとわかっていても、涙がこぼれて止まらなくなるのだ。

「もしかしたら、北川は島崎がいなくなることで、バランスが崩れるのが不安なのかもしれない」

思ったことを言い当てられて、わたしはぽかんと口を開けたまま成瀬さんを見た。

「わたしも島崎が東京に行くと聞いたとき、心身のバランスを崩したんだ。きっと自分の世界に穴が空いて、そこに足を取られたんだろうな」

成瀬さんはポケットティッシュをわたしに差し出した。

「北川にとって、ゼゼカラは小さな存在かもしれない。でも、小さな歯車が欠けても仕掛け全体が回らなくなるように、ゼゼカラの存在がどこか大事なところに入っていたということだ」

「あー、たしかにそういうことってあるかも」

島崎さんもうなずく。

「そういえば、成瀬さんはどうしてパトロールをしてるんですか？」

結芽ちゃんが話を切り替える。わたしは成瀬さんにもらったティッシュで涙を拭いて、鉛筆を握り直した。

「あぁ、あれは単純にわたしの趣味だ。かるた班を卒業して時間ができたから、学校帰りにときめき地区を巡回するようになった」

「危ない目に遭《あ》うと困るから、やめたほうがいいって言ってるんだけど」

島崎さんが口を挟む。

「いや、実際に何かをするわけじゃない。道を歩いている人がいるだけでも犯罪抑止につながるんだ。意外とけが人や病人に出くわすこともあって、これまで二回救急車を呼んだ」

結芽ちゃんは「へぇ～」と相槌《あいづち》を打つ。

「校長先生から、成瀬さんが振り込め詐欺を防止したとか、引ったくりを捕まえた話も聞きました」

わたしが言うと、成瀬さんは「振り込め詐欺は防いだことがあるが、引ったくりを捕まえたことはない」と首をかしげた。

「すごい、都市伝説じゃん」

島崎さんが目を丸くする。そんなうわさが出回るなんて、やっぱり成瀬さんはすごい。

「あの、わたしもパトロールを一緒にやらせてもらっていいですか？」

成瀬さんの見ている景色を見てみたくなった。

「それならこれから行ったらいい」

島崎さんも結芽ちゃんも「いいよ」と同意してくれて、四人でときめき地区を回ることにした。成瀬さんは自腹で買ったというパトロールの腕章を左腕につける。

「今日は土曜日だからそこそこ人が多いな。平日は全然人がいないんだが」

わたしは成瀬さんと並んで歩き、結芽ちゃんと島崎さんが後ろからついてくる。二人は小学校の話で盛り上がっているようだ。

「ゴミ拾いも大事な任務だ」

成瀬さんは軍手をはめてペットボトルを拾い上げ、持参していたゴミ袋に入れた。

「成瀬さんは将来何になるんですか？」

漫才も司会もできて、パトロールが趣味で、京大を目指すほど勉強が得意な人は将来何になるんだろう。

「先のことはわからないからなんとも言えないが……。何になるかより、何をやるかのほうが大事だと思っている」

何になるかより、何をやるか。わかるようなわからないような言葉だけど、成瀬さんが言うとかっこよく感じる。

「たとえばわたしはパトロールを好きでやっているが、警察官になりたいとは思ってない。会社員になったとしても、パトロールはできるだろう。だからわたしが何になるかは未定だが、地域に貢献したいとか、人の役に立ちたいとは思っている」

わたしは鳥肌が立つのを感じた。わたしはこれまで何になりたいか訊かれたら、ケーキ屋さんとかお花屋さんとか好きなお店を適当に答えていた。でも、何をやりたいかと考えたら、人を笑顔にしたいとか、別の視点が生まれる。何になるかより、何をやるか。あとでちゃんとノートに書いておこうと思った。

わたしたちは小一時間学区内を歩き回ってオーミーに戻ってきた。困っている人や事件に出くわすことはなく、ゴミ拾いだけで終了した。

「そうだ、二人の写真を撮らせてもらっていいですか」

「ちょっと待ってね」

二人がカバンから水色のユニフォームを取り出すのを見て、思わず「わぁっ」と声が出る。

「持ってきてくれたんですね！」

「これが仕事着だからな」

二人は壁を背にして並び、空を指さして「膳所から世界へ！」の決めポーズをした。わたしは興奮しながらタブレットのシャッターボタンを連打する。

「せっかくだから、みらいちゃんも成瀬と一緒に撮ってあげるよ」

島崎さんが提案してくれた。さっきまで並んで歩いていたのに、いざ写真を撮られるとなると緊張する。

「そんなに固くならなくていい」

成瀬さんがピースをしたので、わたしもそれに合わせた。撮ってもらった写真を見ると、わたしは笑顔だったのに成瀬さんは真顔だった。

「どう？　学校で発表できそうな内容は集まった？」

島崎さんがわたしに尋ねる。

「はい、大丈夫そうです」

「いっぱい取材できてよかったね」

結芽ちゃんが笑顔で言う。どんなふうに発表しようか、わたしは考えを巡らせた。


週明けのときめきっ子タイムで、ゼゼカラから聞いた話をたいちゃんとくらっちに伝えた。成瀬さんは一度聞いた名前を忘れないこと、普段からおやつ昆布を食べていること、趣味でパトロールをしていること、何になるかより、何をやるかが重要であること。

一通り話を終えると、くらっちは「なにそれー」と笑って、たいちゃんは「興味深い」と考え込むような顔をした。

「成瀬さんの話ばっかりだけど、島崎さんはどんな人なの？」

たいちゃんが痛いところをつく。成瀬さんのエピソードは事欠かないけれど、島崎さんには目立ったところがなさそうだった。

「島崎さんはわりと普通だよ。成瀬さんと同じマンションに住んでるんだって」

結芽ちゃんがわたしの知らなかった情報を教えてくれた。

「成瀬さんは赤い腕章をつけてパトロールしてるから、くらっちも会えるかもよ」

「俺はどうでもいいよ」

そんな言い方はないんじゃないかと思うけれど、何も言い返せない。

「写真も撮ったんだよね」

結芽ちゃんが話しかけてくれたので、わたしはプリントしてきた二人の写真を取り出した。ユニフォームを着た二人が空を指さしている。

「これだけネタがあればば発表もばっちりだね。北川さんも野原さんも、ありがとう」

たいちゃんに感謝されて、照れくさくなる。わたしの取材メモをもとに二人の紹介を模造《もぞう》紙《し》にまとめ、だれがどのパートを発表するか話し合った。


その日の帰り、わたしはまっすぐ家に帰らず、膳所駅の方まで行ってみた。成瀬さんが月曜日はときめき坂をパトロールしていると言っていたからだ。だけど成瀬さんは見つからず、諦めて引き返すことにした。

すれ違った上級生のランドセルからリコーダーがはみ出ているのを見て、教室にリコーダーを忘れてきたことに気付く。今日の宿題はリコーダーの練習だったから、取ってきたほうがいい。

学校に戻って昇降口で靴を脱ごうとしたところで、「うちの班はみらいちゃんがゼゼカラにするって決めちゃったからなー」と話す結芽ちゃんの声が聞こえた。とたんに嫌な予感がたちこめてくる。わたしは脱いだ靴を持ち、隣の学年の下駄箱に急いで隠れた。

「夏祭りの司会の人だっけ？　『膳所から世界へ！』って、本気で言ってるのかな」

この声は一組の璃央《りお》ちゃんだ。頭の中で「がーん」と大きな音が鳴った。

「結芽ちゃんもゼゼカラに会ってきたの？」

「うん、一人は普通の人で、一人は変わった人だったよ。一度聞いた人の名前は忘れないとか、趣味でパトロールしてるとか」

「やば」

「それと、乾いた昆布をバリバリ食べてた」

「昆布なんてそのまま食べる人いるの？」

二人の笑い声を聞いて、わたしは体中が熱くなっているのを感じた。足音を立てないように奥へと進み、二人が出ていくのを見送る。気付けば涙が頬を伝って床へと落ちていた。教室からリコーダーを取ってきて、学校を出る。

どうして結芽ちゃんはあんなことを言うんだろう。もしかしてわたしのことが嫌いなのかな。これまで仲良くしてくれていたのも嘘みたいに感じる。ゼゼカラを調べるのがいやなら直接言ってくれたらよかったのに。

でも、もしかしたら璃央ちゃんと話を合わせてああいうふうに言ったのかもしれない。あんまり好きじゃないキャラクターでも、友だちが持ってたら「かわいいね」って言うみたいな感じ。わたしが聞いてるって知ってたら、あんなこと言わないだろう。

そんなふうに考えてもやっぱり気持ちは晴れなくて、うつむきながらときめき坂を下っていった。

「あれ、みらいちゃん?」

名前を呼ばれて顔を上げると、大津高校の制服を着た島崎さんがいた。大津高校はときめき小のすぐ近くにある。これまでにも知らないうちにすれ違っていたのかもしれない。

「ええっ、どうしたの? いじめられた?」

わたしの顔を見た島崎さんは、わかりやすくうろたえている。

「わたしでよければ話聞くけど」

何も言えないまま泣いているわたしを、島崎さんは「とりあえず公園でも行こうか」と誘ってくれた。ときめき坂を下り、馬場《ばんば》公園のベンチに並んで座る。

「みらいちゃんって西武があった頃のこと覚えてる?」

島崎さんは道の向かいの大きなマンションを見ながら尋ねた。西武大津店はマンションが建つ前にあったデパートで、四年前に閉店して取り壊された。

「覚えてます。五階のすべり台でよく遊んでました」

「あぁ、そっか。わたしが小さい頃にはまだすべり台なかったんだよ。あのコーナー、おまごとセットもあって楽しそうだったね」

島崎さんはカバンからポッキーを出して、「食べる?」とすすめてくれた。わたしは「いただきます」と言って一本もらう。チョコレートの甘さで、ぎゅっと固まっていた心が少し緩《ゆる》んだ気がした。

「ときめきっ子タイムの調べ学習は進んでる?」

さっき結芽ちゃんが言っていたことを思い出して、また涙があふれてくる。

「あぁっ、変なこと訊いてごめん。話したくなければ話さなくていいから」

「結芽ちゃんたちに、成瀬さんのことを馬鹿にされたんです」

わたしはさっきあったことを少しずつ話した。島崎さんは「そっか」と相槌を打ちながら聞いてくれる。

「みらいちゃんは本当に成瀬のこと好きでいてくれるんだね。わたしもうれしいよ」

島崎さんも悲しんだらどうしようと思っていたのに、なぜか喜ばれた。

「実際成瀬は変だし、結芽ちゃんが成瀬を変だって友だちに話すのも自然だと思うんだよね。別にそれはゼゼカラを選んだみらいちゃんのことが嫌いになったわけじゃないし、そういう意見の人もいるってことじゃないかな」

公園では幼稚園ぐらいの子どもたちが笑い声を上げて駆け回っている。

「だけどまぁ、自分の好きな人とか物をけなされると嫌な気持ちになるのは間違いないね。気にしないようにするしかないのかも」

わたしはポケットからハンカチを出して、涙を拭いた。

「成瀬もみらいちゃんぐらいの頃には学校で嫌われてたんだよ」

「そうなんですか?」

島崎さんはうなずいて話を続ける。

「五年生のときなんて、クラスのみんなに無視されてたからね。どうしたってそういう時期はあるんだと思う」

成瀬さんは小さい頃から人気者だと思っていたから、意外だった。

「わたしもそのころは成瀬を避けてたんだよね。成瀬は強いから気にしてなかったみたいだけど、なかなかあんなふうにはなれないよね」

島崎さんはぽりぽり音を立てながらポッキーを食べる。

「あっ、噂をすれば」

公園の柵の向こうに腕章をつけた成瀬さんが見えた。島崎さんが「なるせー」と呼びかけて手を振ると、成瀬さんも気付いて公園に入ってくる。泣いていたことがバレないように、顔全体をハンカチで拭いた。

「発表の準備は順調か？」

わたしはとっさに「ばっちりです」と答えていた。結芽ちゃんは陰ではああ言っていたけれど、発表の準備には協力してくれている。

「それはよかった」

成瀬さんがうなずくのを見て、胸がちくっと痛くなる。

「二人はここで夏祭りの司会にスカウトされたんですよね？」

「そうだ。せっかくだからひとネタやろう」

島崎さんは「えぇ〜」と言いながらもどこかうれしそうに立ち上がった。二人はわたしに背を向けて一言二言交わしたあと、こっちに向き直る。

「膳所から世界へ！」

二人は同時に指先を空へと向ける。「膳所から世界へ！」をはじめて聞いたときの感動が、全身にぞわっと蘇るようだった。

「ゼゼカラです。よろしくお願いします」

二人が頭を下げると、わたしはたまらず拍手した。

「膳所っていえば、最近、西武大津店が閉店しましてね」

ボケの島崎さんが話し出す。

「最近ちゃうやろ！　四年前の話や！」

成瀬さんがいつもと様子の違う関西弁でツッコミを入れる。

「それで、わたしが新しくデパートを建てることにしたんですよ」

見たことのない漫才だった。島崎さんが「島崎百貨店」をびわ湖の上に建てるという筋書きで、おかしな設定が次々飛び出す。気付けばわたしは声を出して笑っていた。

「もうええわ！　ありがとうございました」

深くお辞儀する二人に拍手を送る。

「これはわたしたちが初めてＭ－１グランプリの予選に出たときのネタなの。冒頭はちょっと変えたけど」

「なんだかんだこのネタが一番思い出深いな」

「二人がうらやましいです」

思ったことが口から出た。この先の人生、わたしはこんなふうに仲良くなれる誰かに出会えるだろうか。そう考えたら不安になってきて、また涙が出てきた。

「そうだな。わたしも島崎と会えたのは運が良かったと思っている」

「ほんと、たまたま同じマンションに住んでたんだもんね」

島崎さんがしみじみ言う。

「でも、わたしに言えるのは、先のことはわからないということだ。来年の今ごろ、北川にも心から信用できる友だちができているかもしれない」

成瀬さんは突然わたしの耳元に顔を近づけて、「わたしだって、島崎がいなくなるのが不安なんだ」と小声で言った。成瀬さんにも不安になることがあるなんて！

「なに？　内緒話？」

「たいしたことはない」

成瀬さんは「パトロールの続きに行ってくる」と公園を出ていった。

「わたしだって四年生のときには成瀬とこんなに仲良くなるなんて思ってなかったよ。もしかしたらみらいちゃんも意外な同級生と仲良くなるかもしれないし、全然別のところから親友が現れるかもしれない。そう考えたらちょっと楽しみじゃない？」

わたしはうなずいた。結芽ちゃんと璃央ちゃんが話していたことを思い出すとまだちくちく痛いけれど、島崎さんと会う前よりは気持ちが軽くなっている。

「もしいじめられたりしたら、成瀬でもわたしでも話してくれたらいいよ。わたしは力になれるかわからないけど、ひとりで抱え込むよりはいいと思うから」

また泣き出したわたしを、島崎さんは肩をなでて慰めてくれた。

「ゼゼカラは、ときめき地区に住む高校生二人のコンビです。もともと、M－1グランプリに出場するために組んだコンビでしたが、馬場公園で漫才の練習をしていたところをスカウトされて、ときめき夏祭りの司会をすることになりました。この写真は、『膳所から世界へ！』の決めポーズをしているところです」

クラスのみんながこっちを見ている。すごくドキドキしてるけど、ゼゼカラのことを知ってほしいから、大きな声ではっきりしゃべるように頑張った。

「成瀬あかりさんは膳所高校の三年生です。かるた班で、全国大会に出場したこともあります。校長室の前に飾られているミシガンの絵は成瀬さんが小学生のときに描いたものです。膳所駅の向こう側の国道沿いにある看板にも、成瀬さんの作った交通安全標語が載っています」

たいちゃんはすらすらとしゃべる。

「成瀬さんはおやつ昆布が好きで、一度聞いた人の名前を忘れないという特徴があります。小学校の夏休みの課題は、絵も作文も書道も全部やってきたそうです」

くらっちが言うと、みんなが「えー」と驚く声が聞こえた。結芽ちゃんに目を向けると、緊張でそれどころではないという顔をしている。

「成瀬さんはパトロールが趣味で、学校の帰りにときめき地区を回っています。振り込め詐欺を止めたり、救急車を呼んだりしたことがあるそうです。セーラー服に、赤い腕章が目印です。困ったことがあったら助けを求めましょう」

結芽ちゃんが早口で発表を終えて、最後にわたしがもう一度口をひらく。

「島崎みゆきさんは大津高校の三年生です。一見ふつうの人ですが、漫才ではボケ役で、みんなを笑わせる面白い人です。わたしが泣いたときには慰めて、親切にしてくれました。優しいお姉さんみたいな存在です」

面白いエピソードは成瀬さんのほうが多いけれど、島崎さんあってこそのゼゼカラだ。二人を詳しく調べることができて、わたしは満足していた。

「これで、ゼゼカラについての発表を終わります」

四人でお辞儀をすると、みんなが拍手をしてくれた。

「ゼゼカラの二人がどんな人なのか、よくわかりました」

先生からも好評で、ほっと胸をなでおろす。

「みらいちゃんのおかげで無事に終わってよかったー」

「結芽ちゃんが協力してくれたからうまくいったよ。ありがとう」

結芽ちゃんはあの後も変わりなかった。本当はゼゼカラやわたしのことをよく思っていないのかもしれないが、好きになってほしいとお願いしてもしかたない。成瀬さんたちが言っていたみたいに先のことはわからないから、結芽ちゃんが成瀬さんを好きになることもあるかもしれないし、全然別のところで成瀬さんを好きな仲間が見つかるかもしれない。

「僕も今度成瀬さんを見かけたら話しかけてみよう」

たいちゃんの言葉に、わたしもうれしくなる。成瀬さんを好きな人もいれば、嫌いな人もいる。成瀬さんならどっちの人も助けるに決まってる。

放課後、わたしは馬場公園のベンチに座り、歩道を通る人たちをじっと見ていた。発表が上手くいったことをゼゼカラに報告したかったのだ。どちらにも会えなかったら帰ろうと思っていたけれど、赤い腕章をつけた成瀬さんが見えたときにはほっぺが緩んだ。

「成瀬さん、発表終わりました！」

わたしが駆け寄ると、成瀬さんは「それはよかった」と応えてくれた。

「ゼゼカラの活動が小学生にまで知られるようになるとは、光栄なことだ」

「わたしもゼゼカラみたいに、だれかの力になりたいです」

わたしはまだすぐに泣いちゃう子どもだけど、いつかは成瀬さんや島崎さんのような頼もしいお姉さんになって、だれかを励ましたい。

「それは感心だ。手始めにわたしとパトロールでもするか？」

「ぜひやりたいです！」

成瀬さんはうなずいて、リュックから新しいパトロールの腕章を取り出した。

「これをあげよう」

「いいんですか？」

「パトロールは人数がいたほうがいいからな。それより、ランドセルを置きに帰ったほうがいい。家はどこだ？」

わたしは家の方向を指し示す。成瀬さんと一緒に、これからどんなことができるだろう。

赤い腕章をつけたわたしは、胸を張って歩き出した。

成瀬慶彦《よしひこ》の憂鬱《ゆううつ》

家族で共有しているノートパソコンの検索履歴に「京都　一人暮らし　物件」の文字を見つけたとき、成瀬慶彦《よしひこ》は泡を吹いて倒れそうになった。

ほかにも「一人暮らし　物件　選び方」「京都市左京区《さきょう》　マンション」といった住宅関連のキーワードが並んでいて、ためしにクリックすると不動産サイトがずらっと表示される。

慶彦は思わず、だれもいないリビングを見渡した。美貴子《みきこ》もあかりもすでに寝室だ。

壁の上方には、これまであかりがもらってきた賞状を額に入れて飾ってある。小さい賞も含めれば数十枚はあるのだが、スペースの都合上、「大津市長賞」「大賞」「最優秀賞」などランクの高いものを厳選し、十二枚並べている。

慶彦はほうじ茶を一口飲んで、再びパソコンの画面に目をやった。おそらくこの検索履歴は娘のあかりのものだろう。あかりはスマホを持っていないから、調べ物をするにはこのパソコンを使う。妻の美貴子が離縁を望んで物件探しをはじめた可能性もなきにしもあらずだが、それなら自分のスマホで検索するとか、検索履歴を削除するぐらいの配慮はするはずだ。

あかりは高校三年生で、二週間後に京都大学の入試を控えている。京大までは電車とバスで一時間ほどの距離で、当然家から通うものだと思っていた。

だからといって積極的に反対する理由もない。幼稚園から高校まで徒歩で通っていたあかりのことだから、毎日往復二時間を通学時間に取られるのは無駄だと考えているのかもしれない。

仮に反対したところで、あかりは一度決めたことを曲げない。経済的援助をしなければ、自ら工面して安アパートに住むぐらいのことはする。それならば意に沿って安全なマンションを選んでやるのが親の務めというものだ。

優秀なあかりのことだから家事一般はこなすだろうけど、親元を離れて危険な目に遭わないか心配だ。そしてなにより、あかりがこの家からいなくなるのが寂しい。

慶彦は本来やるつもりだった楽天のお買い物マラソンそっちのけで、京都市左京区の学生向け物件を調べはじめた。

「おはよう」

深夜まで物件探しに没頭していたせいでまぶたが重い。よさげな物件はいくつか見つかったものの、まだ合格すると決まったわけじゃないし、黙っておいたほうがいいだろう。

ダイニングテーブルではあかりがいつもの調子でハムエッグ丼を食べている。急激な血糖値の上昇を抑えるため三十回は噛むようにしているそうで、早食いの慶彦は途中から合流しても同じぐらいに食べ終わる。美貴子は洗濯や掃除など朝の家事に勤《いそ》しんでおり、昨夜見た検索履歴について切り出すのは難しかった。

テレビではＵＦＯらしきものが見つかったという映像が流れていた。慶彦が子どもの頃からＵＦＯがいるとかいないとか言っているが、謎はまだ解明されないのだろうか。

それにしても朝のニュースで流すような内容じゃないだろうと思いつつあかりの様子をうかがうと、身を乗り出して映像を見ている。

「世の中まだまだわからないことがたくさんあるな。わたしはＵＦＯを見たことがないから、ぜひ一度見てみたいものだ」

どうやらあかりは本気でＵＦＯがいると思っているらしい。慶彦はＵＦＯなどいるわけないと思っていたが、よくよく考えてみれば完全に否定できる材料はどこにもない。

「見つけたら動画を撮ってテレビ局に送らないとな」

慶彦が話を合わせると、あかりは「すぐにカメラを取り出せるよう特訓しておこう」と斜め上の返答をよこした。

「それでは、行ってくる」

高校は自由登校になっているが、あかりは毎日出かけている。日々部屋に閉じこもるより、外の空気に触れたほうがパフォーマンスが上がるらしい。

慶彦は日課の朝ドラ視聴を終えると、身支度《みじたく》を整えて家を出た。

職場までは自転車で十分の距離だ。いつもは自転車を漕《こ》ぎながら昼食のことばかり考えているが、今日はあかりの一人暮らしのことで頭がいっぱいだった。もしかしたら島崎みゆきの引っ越しも、あかりの決断に関わっているのかもしれない。

あかりとみゆきは生まれたときから同じマンションに住んでいて、幼稚園・小学校・中学校と一緒だった。あかりにはあまり友達がいないようだったが、みゆきとは気が合うのか、登下校をともにしていた。

島崎家が一家で引っ越すことになったと聞いたときには驚いた。普段から感情を表に出さないあかりですらショックを隠しきれていない様子だった。一人暮らしを考えたのも、親友がいないマンションに住み続けるのはつらいという理由からかもしれない。

慶彦は島崎家とそこまで親しい付き合いはないものの、顔を合わせたら「あかりちゃんのお父さん」として挨拶を交わす程度の関係はある。顔見知りが近所からいなくなるのは、慶彦にとってもなんとなく寂しいものだ。

そういえば、去年の春にあかりの希望でレイクフロント大津におの浜メモリアルプレミアレジデンスのモデルルーム見学に行ったことがあった。ただ単に西武大津店跡地のマンションを見てみたいだけだと思っていたが、あの頃から一人暮らしを考えていた可能性がある。

それにしても、もう二月である。一人暮らしを希望しているなら、早く親に切り出すべきだろう。なんともモヤモヤした気持ちを抱えつつ、職場に着いた。

「あれ？　なんか元気ない？」

支店長が話しかけてきた。元気がない理由は明白だが、家庭の事情をペラペラしゃべるのもどうかと思うので、「ちょっと寝不足で」と当たり障《さわ》りのないことを言う。

「受験生が家にいると、親も神経使うでしょ」

「まぁ」

話を合わせてみたものの、あかりが受験生だからといって特に変わったところはない。早朝の走り込みは怪我防止のため室内トレーニングに切り替えているようだが、夜は以前と変わりなく九時には就寝している。

「あかりちゃんは京大受けるんだよね？　すごいな〜。あんな小さかったあかりちゃんが京大なんて」

支店長とは若い頃にも同じ支店に勤めたことがあり、家族を交えて膳所城跡《じょうせき》公園で花見をしたことがあった。当時三歳のあかりが、熱心に桜の花びらを拾い集めていたことをいまだに覚えているという。

思えばあの頃のあかりは本当にかわいかった。慶彦のことを「パパ」と呼び、帰宅すると玄関までてちてち出てきて抱きついてきたものだ。

今のあかりだってもちろんかわいいのだけど、どこか「思ってたんとちゃう」という違和感が拭《ぬぐ》えない。父親と口を利かない年頃の娘と比べたらまだ恵まれているのかもしれないけれど、あかりとは口を利いたところで何を考えているか読めない。

だいたい、塾にも行かずに京大を受けるのもすごすぎてわけがわからない。ほかの大学には興味がないそうで、すべり止めも受けなかった。美貴子は短大卒だし、慶彦もそれほど偏差値の高くない私立大学を出ているのに、だれに似たのだろう。先月受けた大学入学共通テストも膳所高で一番だったそうで、担任からは京大の二次試験も普通に受ければ普通に受かると言われたらしい。

だいたい、教師なんて「最後まで油断しないように」と言うのが仕事じゃないのか。まるでディープインパクトのようだと慶彦は思う。

二〇〇五年十月二十三日。当時三十二歳の慶彦は、大学時代からの友人たちと京都競馬場にいた。

その日はディープインパクトの三冠がかかった菊花賞《きっか》の日。ディープインパクトは単勝オッズ1・0倍の大本命だった。

第四コーナーをまわり、最後の直線に入ったところで先頭に立ったのはアドマイヤジャパン。二番手集団との差は大きく開き、さすがのディープインパクトも追いつかないのではないかと不穏なムードが漂う。ところがディープインパクトは桁違いの速さでアドマイヤジャパンに迫り、あっさり抜き去った。

当時、無敗で皐月賞《さつき》・日本ダービー・菊花賞を制したのはシンボリルドルフ以来二頭目。鞍上《あんじょう》の武豊《たけゆたか》による「空を飛ぶようだった」という比喩《ひゆ》は現在も語り継がれている。

美貴子から妊娠を告げられたのはそのすぐ後だった。大きなトラブルもなく無事に生まれた娘は「まわりを明るく照らす子になるように」とあかりと名付けられ、すくすく育って今にいたる。

あかりが突然変異で生まれたディープインパクトだとすれば、親元を離れて羽ばたこうとするのも無理のないことかもしれない。心の準備ができていなかっただけで、いずれ送り出すことはわかっていたはずだ。慶彦は気持ちを切り替え、業務をはじめた。

「ただいま」

二十時すぎに慶彦が帰宅すると、あかりは洗面所で背筋を伸ばして鏡に向き合い、念入りに歯をみがいているところだった。

「おかえり」

あかりは歯ブラシを口から出して慶彦に言った後、再び歯みがきに戻る。まだまだ夜の入り口みたいな時間だが、あかりはすでにパジャマを着て就寝の準備に入っている。リビングでは美貴子がテレビでバラエティ番組を見ていた。プログラミングされているのではないかと思うぐらい日常すぎる風景だ。あかりが学校行事で外に泊まっているときは、それだけで落ち着かない気分になる。一方で、慶彦が泊まりがけの出張のときは何も変わっていないのだろうと想像できる。

何気なくダイニングテーブルに目をやった慶彦は、言葉を失った。ニトリと無印良品の家具カタログが載っていたのだ。

「このカタログ、どうしたの」

動揺を悟《さと》られないよう、極力軽い調子で美貴子に尋ねる。

「わかんないけど、あかりが見てた」

間違いない。あかりは一人暮らしに向けた準備を着々と進めている。

美貴子はすでに話を聞いているのかもしれない。でも、まだ合格すると決まったわけではないし、一人暮らしをするかどうかはわからない。

ぐるぐると考えているうちにあかりが歯みがきを終えてやってきた。話を切り出すには絶好のチャンスなのに、言葉が出てこない。

「おやすみ」

あかりは家具のカタログを回収し、自室に戻っていった。

夕食と入浴を済ませた慶彦は、本棚から黒いポケットファイルを取り出した。

ダイニングテーブルに座ってお湯割りにした芋焼酎《いもじょうちゅう》を一口含み、おもむろにファイルを開く。最初のページは十八年前のフリーペーパーの切り抜きだ。「赤ちゃんはいはいレースで成瀬あかりちゃんが優勝」の見出しに、黄色いロンパースを着て四つん這いになったあかりが写っている。あかりは赤ちゃんのくせに涼しい顔をしていて、今と変わらないなと頰《ほお》が緩む。

ファイルにはあかりが取り上げられた新聞やフリーペーパーの記事を収めている。ときどき取り出しては酒のつまみに思い出をながめ、懐かしさに浸《ひた》るのがお気に入りだ。

次のページはローカル紙「おうみ日報」の記事だ。二歳のときに、大津市の健康フェスタで食育かるたをしている様子が写真に撮られている。

あかりはすでにひらがなを理解していたのだが、市の職員は絵を見て取り札を取っていると思ったようで、「こんなに小さい子でも遊べます！」とアピールしていた。慶彦が見る限りピーマンとかぼちゃの区別もつかないような絵だったし、あかりが文字を頼りに取っているのは明らかだった。

「二十五日と二十六日、雪だって」

ソファでスマホを見ていた美貴子が声を上げた。

「よっぽどのことがない限り京阪《けいはん》は止まらないから、大丈夫じゃないかな」

二月二十五日と二十六日は京大の二次試験で、二日とも慶彦が付き添うことになっている。

あかりは「一人でも問題ない」と言い、美貴子も「近くだし、一人で行けるでしょ」と同調していたが、慶彦はなにかあってからでは遅いと主張し、付き添うことにしたのだ。

京大まではJRルートと京阪ルートがあるが、あかりは事前に両方のルートを試したうえで、京阪のほうが気に入ったと話していた。

「まぁ、二週間予報だからまだわかんないけどね」

美貴子は立ち上がって伸びをすると、「お風呂入ってくる」と部屋を出ていった。あの様子だと、まだあかりが一人暮らしを望んでいることを知らないのだろうか。あるいは慶彦と違い、すでに現実を受け入れている可能性もある。

慶彦はファイルのページをめくり、「全国こども絵画コンクールで大津市の成瀬あかりちゃんが入選」の記事に目を落とした。


予報通り二月二十五日は雪だった。幸い、交通機関の乱《みだ》れはないらしい。

「大丈夫？　忘れ物ない？」

滅多なことではあかりに口を出さない美貴子も、さすがに心配そうな様子を見せる。

「万が一忘れ物があったとしても、試験官に申し出ればなんとかなるから大丈夫だ。お弁当もちゃんと持った」

あかりは高校の制服にダッフルコートを着て、いつも使っている黒いリュックを背負っている。普段の登校風景と変わりない。

「よろしくね」

美貴子に言われて「おう」と応えたものの、慶彦のほうが緊張している。ミッションは無事に娘を送り届けること。簡単そうでいて責任重大だ。

電車が遅れても九時の集合時間に間に合うようにと、七時に家を出た。昨夜から降り続いた雪はうっすら積もっていて、受験生の前ですべるわけにはいかないと神経をとがらせる。赤い傘を差したあかりは足元を見ずにずんずん歩いており、転ばないか心配だ。

受験生で混雑しているかと思ったが、電車内はそれほど混んでいなかった。参考書を開いている学生もいれば、スマホを見ている学生、寝ている学生などさまざまだ。

肝心のあかりは席に座って腕を組み、花道で出番を待つ横綱のごとくどっしりと前を見据えていた。慶彦はあかりの隣に腰掛けて、雪のちらつく車窓を見やる。

京都に入り、東山《ひがしやま》駅で電車を降りる。東大路通《ひがしおおじどおり》を北上する京都市バスはかなり混雑していた。入試とは関係なく、いつも混んでいる路線である。あかりに危害を加えられないよう、慶彦は周囲に目を光らせた。

百万遍《ひゃくまんべん》のバス停で、ほかの受験生たちと吐き出されるように下車する。時計を見ると、家を出てからだいたい一時間が経《た》っていた。乗り換えもあるし、バスは混んでいるし、徒歩圏内に一人暮らしするほうがたしかに楽だろう。

それにしても、どの受験生も頭が良さそうに見える。付き添いの保護者もきれいな身なりをしていて、ほぼ普段着でビニール傘の慶彦は心もとなくなる。あかりに目をやると、いつもと変わらぬ涼しい顔で歩を進めていた。

「あかりはこんなときでも緊張しないの？」

慶彦は緊張しているあかりを見たことがない。幼稚園の音楽会のときだって、ほかの園児は明らかに緊張していて、客席をきょろきょろ見渡す子もいれば、不安げに涙を浮かべる子もいたのに、あかりだけは堂々と歌っていた。みゆきの母が「最後のほう、あかりちゃんの声しか聞こえなかったね」と笑っていたのを覚えている。

「緊張はしていないが、やはりいつもの精神状態とは違うな。どんな問題が出るんだろうとか、早くやりたいなとか、気持ちが昂《たか》ぶっている」

ゲートに入るディープインパクトもこんな気持ちだったのだろうか。ほどなくして、試験会場の理学部6号館に着いた。

「それでは、行ってくる」

こんな余裕綽々《しゃくしゃく》の娘にかけてやるべき言葉はなんだろう。「がんばって」も「落ち着いて」も「大丈夫」もしっくり来ない。

「いってらっしゃい」

あかりはうなずき、傘を畳んで会場に入っていった。

大きく息を吐くと、知らず知らずのうちに体に力が入っていたのがわかる。ポケットからスマホを取り出し、美貴子に「無事に送り届けたよ」とメッセージを送った。

京大の二次試験は二日にわたって行われる。今日は国語と数学で、明日が英語と理科だ。なぜ一日で終わらせないのかと疑問に思ったが、試験時間が長いため、二日とも午後までかかるのだ。

支店長に相談して、二日間はリモートワークで対応することにした。コロナが遺《のこ》した数少ないレガシーである。慶彦は保護者向けに開放された学食で、ノートパソコンを開いて業務をこなした。

数学の試験の終了時刻に合わせて、慶彦は理学部6号館の前に立った。まわりには同じ境遇の保護者たちが立ち並んでいる。みな冷静そうに見えるが、心のなかでは子どもがどんな顔で出てくるか心配しているだろう。

言うまでもなく入試は一発勝負だ。あれだけ合格間違いなしと言われているあかりでも、今日問題が解けなければ意味がない。受かってほしい気持ちは山々だが、もし不合格なら家を出ていくこともないだろうし、それはそれで悪くない気もしていた。

終了時刻を過ぎて少しすると、受験生たちがぞろぞろ出てくる。中には大きな荷物を持っている受験生もいて、遠方からの受験は大変だろうなと思う。

理学部6号館を出たあかりはすぐさま慶彦を見つけ、近寄ってきた。いつもどおりのポーカーフェイスで感情が読めない。

「心配しなくていい。滞《とどこお》りなくできた」

あかりの第一声で、心配が顔に出ていたことを知る。慌てて表情を緩め、「それはよかったなぁ」と口にしたら思いのほか大きな声が出てしまい、周囲の保護者がじろっとこっちを見た気がした。

あかりが時計台を見ていきたいと言うので中央キャンパスに移動すると、芝生の上にテントを立てている男がいた。

「なぜこんなところにテントを立てているのだろうか」

なんとも思っていなかった慶彦も、あかりが言うのを聞いてたしかに変だと思う。ここは大学構内。しかも雪が降っていて、どう考えてもキャンプには適さない。京大には奇人変人が多いと聞くし、これも一種のパフォーマンスだろうか。

「ここで夜を明かすのか？」

あかりが男に話しかけているのを見て、慶彦はぎょっとする。こんな得体《えたい》の知れないやつ、関わり合いにならない方がいい。

「そうだよ」

あかりと向かい合った黒いダウンコートの男はひょろっとした丸メガネで、朝ドラに出てくる帝大生のような風貌《ふうぼう》をしている。

「こんな寒い時期の野宿《のじゅく》は命に関わるからやめたほうがいい」

「泊まるところがないんだ。無責任なこと言わないでよ」

男は不機嫌そうに答えた。

「もしかして、受験生なのか？」

「そうだけど」

「それならうちに来たらいい」

あかりが言うと、男と慶彦は「えっ？」と声を揃えた。

「わたしはこれから大津の自宅マンションに帰る。たとえ我が家の廊下でも、屋外のテントで寝るよりは暖かい。父さんも人助けのためなら許可してくれるだろう」

あかりが慶彦を見上げる。

「いや、でも、素性をもう少し知りたいというか」

慶彦が本音を漏らすと、あかりも「たしかにそうだな」とうなずく。

「わたしは滋賀県立膳所高校三年の成瀬あかりだ。こちらは父の慶彦」

「僕は高知県から来た城山友樹《しろやまともき》と言います。京大工学部を受けに来ました」

城山が提示した受験票には、たしかに城山友樹の名前と顔写真が載っている。あかりは手袋を外して受験票を受け取り、灰色の空に透《す》かして本物かどうか検《あらた》めている。

「もともとテントで寝るつもりだったの？」

「はい。三千円で高知から京大入試に行ってみたという企画なんです」

城山が指さす先には小さな三脚があり、ビデオカメラが固定されていた。雪よけのためか、透明のカバーがついている。

「ええっ、動画撮ってたの？」

「急に話しかけてきたのはそっちでしょう」

だからこういうやつには関わらないほうがいいのだ。慶彦が頭を抱えている間も、あかりと城山は「どうやってここまで来たんだ」「ヒッチハイクで」などと話している。善意で城山を家に泊めたとて、それがコンテンツとして消費されるのは耐《た》え難《がた》い。

「あまりいい趣味とは言えないが、放っておいて死なれてしまっては寝覚《ねざ》めが悪い」

しかしながら、あかりの言うこともわかる。

「おっしゃるとおり、おうちの廊下だけでいいので貸していただけると助かります。滋賀に移動することで、撮《と》れ高《だか》が増えますし」

城山が急にペコペコしはじめた。

「あっ、でも、京津線《けいしん》は運賃が高いから三千円超えちゃうかもよ」

我ながらナイスな断り文句だと思ったのに、城山は「多少オーバーしたとしても、動画的にはおいしいので大丈夫です」と食い下がる。

「いずれにしても、これから京都でホテルを取るのは難しいだろう。とりあえず大津に移動したほうが、選択肢が広がる」

もっともな言い分だが、別にあかりが連れて行く必要はないんじゃないか。せめてYouTuberじゃなければ連れて帰ってやってもいいが、どうにも胡散臭《うさんくさ》い。

「こうして出会ったのもなにかの縁だ。少しでも迷惑なことをされたら追い出すという条件でどうだろう」

慶彦は思わず「あぁ」と漏らした。あかりはもうこの男を拾う方向に走っている。このまま反対し続けたところで、雪の中で身体が冷えるだけだ。

「わかった。連れていってもいいよ。早くテント片付けて出発しよう」

「了解です！」

城山は敬礼をして、慌ただしく片付けはじめた。

「へぇ、地下鉄で滋賀まで行けるんですね」

城山はビデオカメラを回しながら、物珍しげに外を見ている。京都市営地下鉄の東山駅から乗った電車は途中から京阪京津線に乗り入れて逢坂山《おうさかやま》を越える登山電車になり、上栄町《かみさかえまち》駅より先は路面電車になる。

びわ湖浜大津《はまおおつ》駅で京阪石坂《いしざか》線に乗り換えると、電車はしばらく琵琶湖に沿って走る。

「暗くてよく見えないが、あの向こう側が琵琶湖だ」

「えっ、琵琶湖って京都からこんなに近いの？」

「近江《おうみ》っていうぐらいだからな」

都《みやこ》から近い琵琶湖は近江、それに対して都から遠い浜名湖《はまなこ》は遠江《とおとうみ》。慶彦も社会の授業で習った記憶がある。

京阪膳所駅で電車を降りる。さすがに自宅まで撮影されるのは抵抗があるのでカメラを止めるよう伝えると、素直に従ってくれた。

家のドアを開けると、美貴子が玄関まで出てきた。

「おかえり……どなた？」

娘を案じていたら知らない男が増えていたなんて、驚くのも無理はない。慶彦は道中《どうちゅう》でＬＩＮＥを送るべきか迷ったが、文字で上手に伝えられる気がしなくて、何も言わずにここまで連れてきたのだった。

「高知県から来た、受験生の城山友樹と申します。泊まるホテルがなくて、野宿しようと思っていたところをあかりさんに助けていただきました」

「廊下を貸してもらえば寝袋で寝ると言っている」

「でも、お客さんを廊下で寝かすわけには……」

表情の乏《とぼ》しい美貴子からも、「なにしてくれてんねん」と慶彦を非難する空気が伝わってくる。なんのための付き添いだと言われたら言い返せない。

「気にしないでください。本当に廊下で大丈夫です。食料も持参していますし、テントで寝るつもりだったので、雪や風をしのげるだけでも十分です。お風呂も気にしないでください。トイレだけ使わせていただけると助かります」

美貴子は表情を変えずに「まぁいいけど」と戻っていった。

「廊下の電気も消してもらっていいですよ」

城山は腰を下ろし、リュックからキャンプ用のランタンを取り出した。

「いや、そんなわけには……」

慶彦が渋ると、城山は首を横に振った。

「そもそも野宿の予定だったんですから、そこは厳密にするつもりです。僕のことは気にしないで、みなさんは普段どおりの生活をしてください」

あかりは「それもそうだな」と廊下の照明を切ってリビングに消えていった。

ランタンの灯りがつくと、城山の表情が見える程度には明るくなる。

「しっかりしたお嬢さんですね」

慶彦は苦笑する。今まで幾度となく言われてきたフレーズだが、あかりと同じ受験生から言われるとはどういうことか。

「動画って、YouTube に載せてるの？」

慶彦はしゃがみこんで城山に尋ねる。

「はい」

チャンネル名を聞いてスマホで検索すると、登録者数五四一人と出てきた。城山は「トモ」という名で顔出ししている。高知からはるばるヒッチハイクでやってくる行動力からして、もっと有名なYouTuberかと思っていた。ほっとするようながっかりするような、複雑な気持ちだ。

動画のラインアップは「二次方程式の解き方の裏ワザ」「京大英語は三分でつかめる」などの勉強系と、「地元民だけが知る仁淀川《によどがわ》の見どころ」「高知龍馬《りょうま》空港から最速で高知駅に行く方法」といった観光系がある。

「へぇ、すごいね」

たとえ視聴者数は少なくても、継続的に動画をアップロードしているのは称賛に値《あたい》する。

「たいしたことないです。大学に入ったらもっと活動を広げていきたいと考えています」

真剣な顔で言う城山を、慶彦はまぶしく感じた。約三十年前、仲間と酒を飲んだり競馬に行ったりして浪費した大学四年間、もっとほかにできることがあったのではないかと詮無《せんな》きことを思う。

しかしなぜだろう。あかりだってチャレンジ精神旺盛でいろいろなことに取り組んでいるのに、そんなふうに感じたことはなかった。自分の娘だからこそ、かえって遠く感じているのかもしれない。

「それじゃ、ごゆっくり」

慶彦は城山に声をかけ、リビングに移動した。美貴子は夕食の支度にかかっていて、あかりはソファで参考書を開いている。二人はもう城山には関せず、普段の生活を送ることにしたらしい。いつもどおりすぎて、逆に心配になる。

だいたい、下手に慶彦から美貴子に謝ったら、なぜ連れてきたのかと責任を追及されるだろう。城山のような不審人物からあかりを守るのが慶彦のミッションだったはずだ。慶彦は「手伝うよ」と何食わぬ顔でキッチンに入った。

味噌汁を食卓に運ぼうとすると、インターフォンが鳴った。肘《ひじ》で応答ボタンを押し、「はーい」と応じる。

「みゆきです。あかりちゃん帰ってますか?」

「うん、いるよ」

慶彦が呼ぶ前にあかりは立ち上がり、玄関に向かった。ドアの開く音から少しして、みゆきが「そんなことある?」と大笑いする。城山の声も聞こえてきて、三人で話している様子がうかがえる。

「やっぱり、あかりの入試が一筋縄でいくわけないのよ」

美貴子がごはんをよそいながらため息をついて言う。

「あかりが無事なら何が起こってもいいって覚悟してたけど、知らない子を拾ってくるのは想像してなかった」

「まぁ、そうだな」

怒られるのは回避できたとほっとしたのも束の間、

「あなたもあなたよ。止めなさいよ」

としっかり責められた。

「でもきっと、あかりが拾わないといけなかったんでしょうね……」

美貴子は遠くを見つめて諦めの表情を浮かべた。

配膳《はいぜん》を終えたところで、あかりがおやつ昆布の袋を持って戻ってきた。

「島崎が差し入れを持ってきてくれた」

みゆきはすでに東京の私立大学に合格し、進路を決めている。三月一日には高校の卒業式があり、三月下旬には東京に引っ越すという。片付けや手続きで大変だろうなと思っていたが、あかりも京都に引っ越すとなったら他人事ではない。

夕食のメニューは白米、味噌汁、唐揚げ、ほうれん草のおひたしだった。平日に三人で食卓を囲むのは珍しい。

それにしても、リビングのドアの向こうにもう一人いると思うとなんとなく落ち着かない。城山にもこっちで食べるよう誘ってみたらどうかと思ったけれど、城山はああ言っていたし、美貴子もあかりも何も言わないし、慶彦から提案するのはためらわれた。


慶彦がトイレに行くため廊下に出ると、城山は寝袋に入って横になり、ランタンの灯りで英語の単語帳を見ていた。あかりが使っているのと同じ『システム英単語』である。

「そういえば、親御さんはどうしてるの?」

もっと早くに訊いておくべきだったのに、なぜか今まで忘れていた。息子がヒッチハイクと野宿で入試に挑むと言い出して、すんなり送り出す親がいるだろうか。城山は寝転がったままこちらを見上げ、なんともない調子で「僕が京大を受けること、知らないんです」と答える。

「ええっ？　どういうこと？」

「去年、僕が高校を卒業すると同時に一家離散になったというか……。まぁちょっといろいろあって、今は母方の祖父母の家に身を寄せています」

なるほど、浪人生だったのか。といって納得できるような話じゃない。

「それでもおじいさんとおばあさんが心配するでしょ？」

「祖父母は放任主義で、僕が動画の撮影で三日ぐらい家を空けても気にしません。きのうの夕方『大学受けてくる』って言って家を出たら何も言いませんでした」

ややや特殊な家庭環境のようだが、髪の毛や服装に不潔《ふけつ》さはない。身のまわりの面倒はちゃんと見てもらっているのだろう。

「あれ？　それじゃきのうはどこに泊まったの？」

「トラックの助手席で少し寝ただけですね」

「間に合わなかったらどうするつもりだったの？」

「さすがにヤバくなったら電車に乗るつもりでした。入試が受けられなかったら元も子もありませんから。でも幸いなことに、ヒッチハイクだけで朝の七時には京大に着きました」

そんなことが可能なのかと思ってしまうが、ここまで万全《ばんぜん》に設定を考えて嘘をつく理由が見当たらない。

「今夜はよく眠れそうです。あかりさんがいるから寝過ごす不安もないですし」

あかりがいなければこんな知らない男と話すこともなかった。最初は胡散臭さしかなかったけれど、徐々に打ち解けてしまっている。

「城山、こっちでお茶でも飲まないか」

あかりがリビングから顔を出した。

「飲み物と食べ物はお金を出して買うルールだからなぁ……」

「サービスエリアにだって無料で飲めるお茶があるだろう」

あかりが言うと、城山は「それもそうだね」とあっさり寝袋から這い出た。

「わぁ、すごいですね」

城山がリビングの壁に並んだ賞状を見て声を上げる。

「こんなふうに飾られたら、僕ならプレッシャーかも」

「プレッシャー?」

あかりは首を傾《かし》げる。

「もっと賞状を取らないといけないみたいにならない?」

「わたしはそうは思わない。賞状は狙ってもらえるものではないから、もらったら素直に喜ぶようにしている」

あかりが喜んでいたとは初耳だった。慶彦のファイルには大津市長と並んで賞状を持つあかりの記事が入っている。笑顔を浮かべる市長に対してあかりは無表情で、もう少し笑えないものかと見るたび心配になっていた。でもあれは感情が表に出ていないだけで、ちゃんと喜んでいたらしい。

ダイニングテーブルには三人分のほうじ茶と、皿に出したおかきと昆布が用意されていた。慶彦の向かいに城山が座り、その隣にあかりが座る。美貴子は「ちょっと見たいテレビがあるから」と本当かどうかわからないことを言って寝室に引っ込んだ。

城山は「いただきます」と軽く手を合わせてからほうじ茶をすすった。こうした細かいしつけは行き届いているらしい。あかりは「これはお土産屋《みやげや》の試食だと思ったらいい」と言って、おかきと昆布をすすめた。

「城山くん、きのうはトラックの助手席で寝たんだって」

「それは大変だったな。眠くないのか」

あかりが昆布を食べながら尋ねると、城山は「なんとか」と答えておかきをつまむ。

「今日は早く寝るに越したことはない」

時計を見ると七時半だ。いつもならまだ職場にいる時間である。

「成瀬さんは昔からそういうしゃべり方なの？」

「久しぶりに訊かれたな」

あかりが口元を緩める。あかりの周囲はこういうものとして受け入れているから、訊かれることもないのだろう。

「小学一年生ぐらいから自然とそうなった」

「へぇ。止めなかったんですか？」

城山が慶彦に視線を向ける。今振り返れば、一気に今のような話し方になったのではなく、グラデーションのように変化していった気がする。途中でちょっと変わってるなとは思ったのだが、美貴子が気にしていないようだったので、慶彦もそういうものかと受け入れていた。年頃になれば戻るだろうという楽観もあった。いつしか馴染んでしまい、十八歳の今に至るまでそのままなのだ。

「止めたことはないよ。そのうち直るかなって思ってたんだけど、もう慣れちゃったね」

「成瀬さんのまわりって受け入れ力がすごすぎない？　さっき来たお友達もそうだったけど、僕が廊下で寝てることとか、普通もっと驚くでしょ？」

「なるほど、城山はもっと驚いてほしかったのか」

あかりが発見をしたかのように城山を見る。

「別に驚いてほしかったわけじゃないけど……なんか調子が狂うっていうか」

城山は頭をかいた。

「お父さんがさっき廊下で僕に親のことを訊いてきましたけど、あれは初手《しょて》でしょう。京大でテント立ててるときに、誰か話しかけてくれないかなと、正直ちょっと期待してました。驚いた様子とか、引いた様子とか、そういうリアクションを撮りたかったんです。なのに、あかりさんは表情を変えないまま家についてくるよう言うし、お父さんも親のこととか訊いてくれないし、全然想定通りじゃなかったんです」

慶彦は思わず笑ってしまった。出会った相手が悪かった。アドマイヤジャパンもディープインパクトと同じ年に生まれた運命を呪《のろ》ったに違いない。

「しかし城山が動画を投稿しているのは興味深い話だった。わたしはスマホを持っていないせいもあってネット全般に疎《うと》いからな。大学に入ってから勉強したいと思っている」

「スマホ持ってないの？　えっ？　親だって不便じゃないですか？」

不思議と不便に思ったことはない。かるたの大会で遠征しているときなど様子が気になることもあったが、たとえスマホがあったところであかりが連絡してくるかどうかはわからない。だいたい、小さい頃からずっと持っていないのだから、その状態には慣れている。

「スマホを持たない女子高生とか、めちゃくちゃ面白くない？」

「わたしは面白さのためにスマホを持っていないわけではないのだが」

「だめだ。三千円で京大受けてくるなんて企画、全然面白くない気がしてきた……」

城山はダイニングテーブルに両肘をついて頭を抱えた。

「いや、面白いかどうかは見た人が決めることだろう。城山が作り出した動画を発表することに意義があるのではないか」

「成瀬さんって悩みとかなさそう」

城山の青さに慶彦は居た堪《たま》れなくなってきた。ディープインパクトみたいに圧倒的な強さでまわりをねじ伏せてきたあかりだって、人並みに悩むことはある。

「よく言われる」

余裕たっぷりに返答するあかりを見て、さすがだと思う。

「わたしはこれから入浴して寝る。城山も早く寝るといい」

あかりは湯呑《ゆの》みを片付け、リビングを出ていった。

「勉強できるように見えないねって言われるのが僕の売りだったんですが、あかりさんを見てるとそんなのどうでもいいなって気持ちにさせられますね」

夕食が足りなかったのか、城山はボリボリとおかきを食べ続けている。

「たしかに、親でもあかりから学ぶことがよくあるよ」

城山はポケットからスマホを取り出した。

「明日も雪みたいですね」

「高知は雪降らない？」

「降りませんね。雪のときって、傘差したほうがいいんですか？」

「人それぞれじゃないかな」

慶彦は視線を上げて、壁に並んだあかりの賞状をながめる。あかりが家を出たら、賞状だけがここに残るのだろうか。そう考えたら胸が苦しくなった。


「お世話になりました」

出発の準備を整え、大きなリュックを背負った城山は、美貴子に深々と頭を下げた。

「気をつけてね」

美貴子の口ぶりはそこまで嫌悪《けんお》感を抱いているふうではないが、あまり関わりたくない気持ちが見て取れる。

「あかりも、足元に気をつけて」

「わかった」

あかりはきのうと同様、学校に行くのと変わらない雰囲気だ。

「それじゃ、行ってくるよ」

「いってらっしゃい」

美貴子に送り出され、慶彦はあかりと城山を引き連れてマンションを出た。外は予報どおりの雪だったが、勢いはそれほど強くなく、傘が要らないほどだ。降り積もった雪は踏み固められ、きのうよりもすべりやすくなっている。

「わーすごい、ふたりとも歩き慣れてますね。すべりそうで怖いです」

城山がおぼつかない足取りでついてくる。大津は年に一度か二度雪が積もる程度で、慶彦もそこまで慣れているつもりはないが、城山からは慣れているように見えるらしい。

「ゆっくりで大丈夫」

今日も時間に余裕を見て出ている。

「足の裏全体を使って小股《こまた》で歩くといい。ただ、どれだけ用心しても転ぶときは転ぶから、おしりから転ぶように意識するのが大事だ」

「へぇ、やってみる」

あかりのアドバイスを、城山は素直に実践してみせる。

「それと、転ぶときには利き手《きて》をかばったほうがいい。使えなくなったら問題が解けないからな」

「殺し屋みたいなこと言うね」

幸い電車の遅れはなく、予定通りの電車で東山駅に着いた。地上に出ると、京都も大津と同じぐらい雪が降っている。

「京都は滋賀と寒さの種類が違いますね。こっちのほうが空気がしんとしてる」

「ほう、それは初耳だ」

城山の言葉に、あかりが興味深そうに食いつく。慶彦がその後ろについて歩き出すと、一行を追い越すために歩道から車道に出た自転車が雪にすべって転倒した。

「危ない！」

慶彦が思わず声を上げると、なぜか関係のない城山まですべって転んだ。こんなときはどうしたらいいのか。倒れている二人の男を前に、頭が真っ白になって動けない。

「大丈夫か？」

あかりのほうが反応が早く、車道に倒れた自転車を歩道に引っ張り込んだ。自転車に乗っていた若い男も這いつくばって歩道に避難し、さらなる被害は免《まぬか》れた。

「すみません。大丈夫です」

男は気まずそうな様子で立ち上がり、自転車を押して去っていった。一方の城山も、あかりの手を借りて立ち上がる。

「いててて」

「歩けないほど痛いか？　このあたりはどうだ？」

あかりが城山の背中や腰を触りながら状況を尋ねている。慶彦は無言で立ち尽くしながら、責任を感じていた。大きな声を出したせいで城山が転んでしまった。しかもとっさに何もできなかった。これじゃただの足手まといだ。

同時に、あかりはもう一人で大丈夫だと確信する。親元を離れてさらに世界が広がることだろう。寂しいけれど、そういう時期が来たのだ。

「今は痛いけど、少し経てばおさまりそう。右手も動くし」

城山が黒い手袋に包まれた手をグーパーするのを見て、慶彦は一安心する。唯一自分ができることを考えて、空車のタクシーを停めた。

「これも、ヒッチハイクだと思ってくれていいから」

城山は「ありがとうございます」と素直に礼を言う。

ぎゅうぎゅう詰めのバスとは比べ物にならないぐらい、タクシーは快適だった。あっという間に北部キャンパス前に到着し、慶彦はクレジットカードを出して精算した。

「本当にお世話になりました」

城山が頭を下げるのを見て、胸のあたりがちりっと痛む。受験生をすべらせるなんて、縁《えん》起《ぎ》が悪すぎる。

「四月にまたここで会おう」

あかりが言うと、城山は「どうかなぁ」と笑った。

「それでは、僕は向こうなので。ありがとうございました」

城山は手を振って、横断歩道を渡っていった。

北部キャンパスの入り口付近では、スタッフジャンパーを着た業者たちがパンフレットを配っている。きのうは足早に通り過ぎたが、今日は慎重に歩かないと危ない。

「受験、頑張ってください！」

勢いで受け取ってしまった冊子には、でかでかと「京大生のお部屋探し」と書かれている。

「わーっ」

動揺した慶彦は雪に足を取られてバランスを崩し、尻もちをついた。

「大丈夫か？」

見下ろすあかりの顔を見て、娘の顔を正面からまじまじ見るのは久しぶりだと気付いた。いつまでも赤ちゃんのような気がしていたが、もはや顔立ちも体格も大人と変わりない。ファイルに収められた思い出のあかりじゃなくて、今のあかりを見るべきだった。

「うん、大丈夫」

慶彦が立ち上がると、あかりも安心した表情を見せる。あちこち痛むが、さすがに骨折はしていないだろう。

理学部6号館まで来ると、あかりは居住《いず》まいを正して慶彦に向き合った。

「今まで、見守ってくれてありがとう」

まとめに入るのはまだ早いんじゃないかと思うが、慶彦も似たような心境だった。きっとあかりは合格するだろう。そして家を出て、一人暮らしをはじめる。まだしばらく経済的な援助はしていくけれど、いったん手が離れることは間違いない。

「いってらっしゃい」

慶彦が言うとあかりはうなずき、建物の中に入っていった。


合格発表を見にいくつもりはなかったが、あかりの受験を最後まで見届けたくなり、休みを取って京大まで行くことにした。美貴子は「ネットで見るからいい」といつもの調子だったが、あかりが「番号を見間違えたら困るから島崎についてきてもらう」と言い出し、三人で向かうことになった。

「成瀬だったら絶対大丈夫だと思うけど、もし番号がなかったらどうする？」

みゆきがいると空気が明るくなる。城山とは違い、あかりがみゆきに対して心を開いているのがわかる。

「そのときはそのときだ」

「わたしのほうが緊張してきたよ」

みゆきが両手を重ねて胸に当てる。

まだまだ寒いが、雪が降っていないだけで心が軽い。城山が転んだ歩道も危なげなく歩ける。バスも入試のときよりは空いていた。

「わたしの行く大学も、家と同じ二十三区内なのに電車と徒歩で五十分ぐらいかかるんだよ。成瀬と変わらないね」

みゆきもあかりが実家から通うと思っているようだ。あかりがどんな返答をするかドキドキしながら耳を傾けていたが、「そうか」と軽く応じるだけだった。

親友にもまだ明かさないということは、合格が確定するまで発表を控えているのだろう。慶彦は時限爆弾を抱えているような気持ちになる。

理学部6号館の前にはすでにたくさんの受験生と保護者が集まっていて、発表時刻の正午を待ちわびている。

「わー、テレビで見たことある！」

みゆきは何も貼っていない掲示板をスマホで撮影した。

「番号が発表されてから撮ったほうがいいのではないか」

「貼ってない状態の方がレアじゃん」

慶彦もそんな気がしてきて、自分のスマホで掲示板を撮る。

「そうそう、この前言ってた城山くんの動画、上がってたよ」

「あっ、忘れてた」

慶彦がスマホで城山のチャンネルを表示すると、「二千円で京大入試に行ってみた」という一時間の動画がアップされていた。再生回数は二百二十回と表示されている。

動画は高知を出てヒッチハイクで京大まで行くところからはじまる。最も気になる箇所まで飛ばしてみると、テントを立てている城山に対し、親子が話しかけるシーンが出てきた。あかりと慶彦の全身にはモザイクがかかり、声はボイスチェンジャーで変えられ、言った内容が字幕で表示されている。

その後、京津線で大津に向かう様子が映し出される。京阪膳所駅の映像にかぶせて「Nさん宅で一泊させてもらいました」のテロップが表示され、次の場面はすでに二日目の京大構内だった。

動画の終盤ではヒッチハイクで高知にたどり着き、予算オーバーしつつも無事に行程を終えたことがまとめられている。プライバシーに配慮されていて安心する一方、もうちょっと出てみたかった気もする。

「あっ、出てきたよ」

みゆきの声に顔を上げると、丸めた模造紙を持った職員が歩いてくるところだった。ざわざわしていた群衆も、すっかり静まり返っている。

　あかりの受験番号は１０８番。慶彦は煩悩《ぼんのう》の数としか思わなかったが、あかりは「$1^1 \times 2^2 \times 3^3$だ」とうれしそうだった。

　掲示板に合格者の番号が貼り出された瞬間、一斉に歓声が上がる。そんなすぐに番号が見つかるものかと思っていたが、１０８の数字のほうから目に飛び込んできた。

「やったー！」

　慶彦は反射的に叫んでいた。

「よかったね、よかったね」

　みゆきは手を叩きながら飛び跳ねて喜びを表現している。あかりは鼻の下に手をやって、

「やっぱりうれしいものだな」と笑った。

「ちゃんと写真撮っておこうよ」

　掲示板の前では合格者たちが代わる代わる記念撮影をしている。タイミングを見計らい、あかりも掲示板の前に立った。

「お父さんも入りますか？」

「ごめんね、お願いしてもいい？」

　慶彦はみゆきにスマホを渡し、あかりと１０８の数字を挟んで並んだ。

「はい、チーズ」

　みゆきに礼を言ってスマホを確認すると、普段どおりナチュラルな無表情のあかりと、緊張で無表情になった慶彦が写っていた。あかりは母親似だと思っていたけれど、こうして見

ると自分ともなんとなく似ている。見た目は無表情でも、心のなかではちゃんと喜んでいる。

今度は慶彦があかりとみゆきの写真を撮っていると、「成瀬さーん」と呼ぶ声がした。

「おう、城山じゃないか」

城山が明るい表情で近寄ってくる。

「受かったよ」

「えーっ？　城山くんってほんとに頭よかったんだ」

みゆきの忌憚《きたん》のなさすぎる意見は慶彦も同意するところだった。

「よかったね、おめでとう」

「先日はありがとうございました」

城山は慶彦に向かって礼儀正しく頭を下げる。

「今日もヒッチハイクで来たのか」

「いや、さすがに懲《こ》りたから高速バスで。合格発表の瞬間が撮れたから、これも動画にするよ。Nさんも合格してましたって書いてもいい？」

「構わない」

こうして許可を取るあたり、ずいぶん行儀の良いYouTuberだ。それゆえチャンネル登録者数は伸び悩むかもしれないが、どうかそのままでいてほしいと願ってしまう。

「これから住む部屋を探さないといけないから、行ってくるよ」

ついにこの時がきた。去っていく城山を見送りながら、慶彦は心の準備を整える。

「さぁ、あかりの部屋も探さないとな」

切り出される前に、努《つと》めて明るく言った。あかりだって、もしかしたら言い出しにくかったのかもしれない。合格を確認して、晴れて部屋探しができる。

「どういうことだ？」

あかりもみゆきもぽかんとした表情で慶彦を見つめている。

「パソコンに検索履歴が残っているのをたまたま見たんだ。あかりは一人暮らしをしたいんだろう？　家具のカタログも見てたし」

あかりは「あぁ」と思い当たった顔をする。

「あれはわたしじゃない。広島に住んでいる友達が京都の大学を受験して一人暮らしをするというので、部屋探しや家具選びをアドバイスできるよう調べていたんだ」

慶彦は安堵《あんど》のあまり、膝《ひざ》から崩れ落ちた。すべては自分の早とちりだった。まだしばらくはあかりが家にいてくれると思うと、合格の喜びが改めて湧いてくる。

「わたしはまだ大津市民としてやりたいことがあるんだ。一通り済んだら、どこかで一人暮らしするのもいいいな」

「そうだね、成瀬にはまだ大津にいてもらわないと」

慶彦は立ち上がって膝を払う。次々とやりたいことを見つけるあかりに、大津でやりたいことを一通り済ませる日はくるのだろうか。実家に住み続けてくれるなら、慶彦としては願ったり叶ったりだ。

「おめでとうございます！　胴上《どうあ》げしましょうか？」

アメフト部のユニフォームを着た、体格の良い男たちがやってきた。胴上げされる合格者の映像を見たことがあったので、あかりのところにも来たかとテンションが上がる。

「気持ちはありがたいが、万が一の事故が心配なので遠慮しておく」

そうだった、あかりはいつだって安全第一だ。

「代わりにお父さんが胴上げしてもらったらどうです？」

みゆきが提案すると、アメフト部員たちの視線が慶彦に集まる。

「お父さん、おめでとうございます！　胴上げいかがですか？」

まぁ、これも記念だ。腹をくくった慶彦が「お願いします」と同意すると、男たちの手であっという間に持ち上げられた。

「お嬢さんの合格をお祝いして！」

「わっしょい！　わっしょい！」

生まれて初めての胴上げは怖いというよりわけがわからなかった。アメフト部員たちの頭上でバウンドさせられていると、みゆきが大笑いしている声が耳に届く。あかりもきっとその隣で笑っているだろう。慶彦は青い空に向かって、両手をいっぱいに伸ばした。

やめたいクレーマー

今日もわたしはフレンドマートにお客様の声を響かせる。備え付けのボールペンはインクが切れていることが多いので、マイボールペンを持参している。インク代が自己負担になってしまうが、ストレスなく書くためにはやむを得ない。さっき我が身に起こったことを、相手に伝わるよう丁寧に説明する。

六月十日午後四時三十分頃、有村《ありむら》さんのレジに並んでいました。わたしがレジの順番になったのに、すでに精算を終えたご婦人が戻ってきて、レジ袋を求めました。そのご婦人とチェッカーとの間で三円のやり取りが行われたのですが、ご婦人も再び列に並ぶべきであって、レジの優先権はわたしにあったのではないでしょうか。このやり取りにより三分のロスが生じました。今後このようなことがないよう注意してほしいです。

しかもご婦人は三円を支払うためにわざわざ小銭入れを取り出し、一枚ずつ一円玉を取り出しました。もっとキャッシュレス決済を呼びかけることで、時間は短縮できます。ぜひご検討ください。

氏名：呉間　言実（くれま　ことみ）
年齢：36
電話番号：080-○○○○-××××

　氏名、年齢、電話番号を正しく申告するのはこだわりだ。平和堂フレンドマート大津打出《うちで》浜《はま》店のツートップ、大澤幸雄《おおさわゆきお》店長と園田《そのだ》明慶《あきよし》店次長は実名入りで顔写真が貼り出されているのだから、わたしも名乗らなくてはフェアじゃない。二人はフレンドマートの屋号《やごう》に恥じない親しみのある笑顔で写真に収まっている。

　誤字脱字がないかチェックして、問題がなければ投函《とうかん》する。耳をすませても着地音は聞こえない。

　店を出る瞬間は晴れ晴れした気分なのに、帰宅してエコバッグをダイニングテーブルに置いた瞬間後悔する。またクレームをつけてしまった。三分ぐらい帰るのが遅くなったところでこんな暇な主婦に支障はないのに。

　これまでの傾向によれば、明日には大澤店長から電話がかかってくる。明後日にはわたしの声が、店長のコメント入りで掲示板に貼り出されることだろう。

　わたしはスマホを起《た》ち上げ、「クレーマー　やめたい」と検索窓に打ち込む。検索結果のほとんどは「クレーマー対応がつらくてやめたい」という店員側の視点だったが、一つだけ「クレーマーをやめたいです」という同志の相談が見つかった。そこには「今の生活に満たされてないいんですね」という回答がついている。相談者に寄り添った言葉を並べているものの、具体的な改善策は書かれていない。回答者にクレームをつけたくなったが、相談したのはわたしではないので我慢した。

わたしはため息をついてソファに横たわる。クレーマー気質がひどくなったのは結婚してからだ。それ以前も何か嫌なことがあればお客様相談室に電話を入れていたが、それは配送ミスや商品の不備など、客観的にも苦情を入れて差し支えないケースだった。

最近は行く先々で些細《ささい》な出来事が気になる。そこで生じた嫌な気持ちが水につけた乾燥ワカメのように膨らみ、耐えられなくなってクレームを入れてしまう。お客様の声を書いているときは「フィードバックすることで店のためにもなるはずだ」と信じているのに、家に帰って冷静になるとただの迷惑だったのではないかと自己嫌悪に陥る。

神戸に住む義理の父、呉間一雄《かずお》も筋金入りのクレーマーだ。わたしを同類とみなし、クレームを共有してくれる。

中でも感銘を受けたのは「祝ってへんのか」である。

ラグビーワールドカップの日本開催を目指していた頃、神戸の街には「ワールドカップの日本開催を！」と書かれたのぼりがあちこちに立っていた。めでたく日本開催が決定した後も、のぼりは撤去されずそのままだった。

違和感を覚えた義父は、神戸市役所に「祝ってへんのか」と電話をかけた。ほどなくして神戸じゅうののぼりが「ワールドカップ日本開催おめでとう！」に置き換わったという。

人の気持ちにまで介入するのはやりすぎだという気がしないでもなかったが、そんなアプローチでもクレームがつけられるのかと感動すら覚えた。

「呉間」という名字がクレームを誘引しているのではないかと疑ったこともある。しかし一雄の息子でわたしの夫、呉間祐生《ゆうせい》はまったくクレームを言わない。父を反面教師に育ったのか非常に鷹揚《おうよう》で、飲食店でどれだけ待たされても、オーダーを間違えられても、文句ひとつ言わない。「ゆうせい」から「おうよう」に改名したらいいと思うほどだ。

祐生になぜ父のようなクレーマーを妻に選んだのか尋ねたところ、「身近な人がクレームを言ってくれるから心穏やかに過ごせるのかもしれない」と述べたうえ、

「俺みたいな人間ばっかりだと世界は成長しないからね。親父やことちゃんみたいな人が必要なんだよ」

と、わたしたちを認める発言までした。できることならわたしも祐生側の人間でありたかった。

夜になり、豚の生姜焼《しょうがや》きを食べながら祐生にフレンドマートで起こったことを説明した。祐生はわたしの話を聞き終えると、「そういうことってあるよね」と微笑んだ。

結婚して六年、わたしたちはこうして二人で日々を過ごしている。

一時期は妊活《にんかつ》に取り組んだこともあった。わたしにも祐生にも数値的な問題はなく、タイミング療法を受けるため産婦人科に何度か通ってみたのだが、予約制なのに待ち時間が長過ぎるとか、待合室の椅子が少ないといったクレームをつけるようになり、近所のクリニックにはだいたい通えなくなった。自然に任せようと聞こえのよいことを言っていたら子作りそのものが疎《おろそ》かになり、もはや子どもがほしいかどうかもわからない。

もっとも、このまま母親になったらモンスターペアレントまっしぐらである。まだ見ぬ我が子が「やーい、おまえの母ちゃんクレーマー」と囃《はや》し立てられないよう、一刻も早くクレーマーを卒業しなければならない。

翌日、午後三時すぎに大澤店長から電話がかかってきた。

「このたびはお客様の声をお寄せくださりありがとうございました。今回の件につきましては、大変失礼いたしました。今後このようなことがないよう、従業員の間で共有させていただきます」

この声のトーンも聞き慣れている。投函した時点で気が済んでいるため、店長から連絡があるたび申し訳ない気持ちになる。わたしだって店長の三分を奪っているではないか。

「ご連絡ありがとうございます。今後ともよろしくお願いします」

丁重に返答して電話を切った。

わたしとしても、フレンドマート大津打出浜店とは極力フレンドリーな関係を続けていきたい。オーミー大津テラスの一階にあるその店舗は、昨年購入した自宅マンションから徒歩三分の近さなのだ。もうクレームをつけるのはやめようと心を入れ替えてフレンドマートに通うのだが、二週間もするとまたわたしの中でワカメが膨らむような出来事が起こる。

今日は飲酒禁止のイートインスペースで堂々とストロングチューハイをあおっている中年男性を見つけてしまった。もっと目を光らせる必要があるのではないか。飲酒禁止の貼り紙はあるものの、生ビールのイラストに禁止マークなのがよくない。ビールは禁止だが、ストロングチューハイはＯＫだと曲解《きょっかい》する輩《やから》が出てくる。

いつものようにマイボールペンでお客様の声を記入していると、店員の視線を感じた。平和堂の黒いエプロンに黒い三角巾をつけた、若い女性店員が強い目力でこちらを見ている。そんなふうに見られたら意見が書けなくなるではないか。そうして圧をかけて言論統制しているのかと睨《にら》みつけたが、その店員はひるまず近寄ってきた。

「君が呉間言実だな」

わたしは耳を疑った。店員が客に向かってそんな物言いをするだろうか。店員の名札には「成瀬」と書かれている。

「店員が客の名前を呼び捨てにしていいんですか？　これに書きますよ」

へらへらしてなめられてはいけない。わたしは毅然《きぜん》と言い返す。

「書いてもらっても構わない。仮にわたしがクビになったところで君の気持ちは収まらないだろう」

成瀬は表情を変えずに淡々と応えた。

「君を見込んで頼みたいことがある」

見込まれるようなことをした覚えはない。もしかしたら宗教やマルチ商法など、よからぬ世界に引きずり込まれるおそれがある。

「お断りします」

怖くなったわたしはエコバッグの持ち手に腕を通し、書きかけのお客様の声を握りしめてその場を離れた。店を出て走りはじめたものの、これでは逃げてきた万引き犯に間違われかねないと気付き、落ち着いて歩き出す。さっきの店員が追ってきたらどうしようと振り返ってみたが、腰の曲がったおばあさんが歩いているのが見えただけだった。

持ち帰ったお客様の声の用紙はあまりにも無力だった。この紙は店頭の投函口に落としてはじめてお客様の声としての力を持つ。そのままゴミ箱に捨ててみたものの、個人情報が抜き取られるおそれがあると気付き、細かく破いて捨てなおした。

それにしてもあの店員は何者なのか。フレンドマートを運営する平和堂の本部にクレームを入れようかとも思ったけれど、もうそんな気力はない。

帰ってきた祐生に顛末《てんまつ》を話すと、

「おもしろい店員さんだね」

と微笑んだ。

成瀬はおそらくまだ学生で、午後のシフトに入っているに違いない。そう推測したわたしは、フレンドマートに午前中に行くよう心がけ、午後は店舗に近寄らないようにした。予想は当たっていたようで、成瀬にエンカウントせずに日々を過ごすことができた。

悲劇は土曜日に起きた。ベランダでの家庭菜園に凝《こ》っている祐生が近くのホームセンターで肥料を買いたいと言うので、一緒に買い物に出たのだ。

道を歩いていると、向こうから赤い腕章をつけた人物が二人並んで歩いてくるのが見えた。にわかに嫌な予感がしてきたが、引き返すのは不自然だ。片方の女がわたしに気付いたのと、わたしがその正体に気付いたのはほぼ同時だった。

「呉間氏じゃないか」

成瀬はわたしを見て表情を明るくした。傍《かたわ》らにいる女子はまだ小学校の高学年ぐらいに見える。妹だろうかと思いを巡らせ、それどころではないと頭を振る。

「人違いです」

「そんなに怯《おび》えなくていい。まずは話だけでも聞いてもらえないだろうか」

成瀬はわたしと祐生の両方に視線を送りながら、

「わたしは京都大学一回生の成瀬あかりだ。この近くに住んでいて、フレンドマート大津打出浜店でアルバイトをしている」

と自己紹介した。いきなり学歴マウントかと身構えたが、祐生はいつもの調子で、

「へぇ～、はじめまして」

と応えている。こいつはそういうやつだとわかっていても腹が立ってくる。

「あっ、もしかして、こないだことちゃんが話してくれた店員さん？」

家でも成瀬の話をしていたなんて知られたくない。わたしは話を攪乱《かくらん》するため「わーっ」と大声を上げたが、成瀬は気にも留《と》めない様子で続ける。

「こちらはときめき小の北川みらいだ。わたしと一緒に地域をパトロールしている」

北川は大きな声で「こんにちは」と言った。まったくもって意味がわからない。

「挨拶は防犯の基本だからな。呉間氏にお願いしたいのもその関連だ」

「どんなこと？」

祐生が尋ねているが、成瀬が頼みたい相手はおそらくわたしのほうだ。

「実は、わたしの働いているフレンドマートでたびたび万引きが起こっている。防犯カメラはあるのだが、なかなか犯人が捕まらない。呉間氏はいつもお客様の声を寄せてくれる熱心な人物だから、万引き犯を捕まえるのにも力になってくれると考えたんだ」

「わぁ、そうだね。きっとことちゃんなら普通の人が気付かないところにも気付くよ」

一刻も早く立ち去りたいのに、祐生が余計なことを言う。北川は大真面目な顔でうなずいているし、やっぱり宗教みたいだ。

「わたしも勤務中に目を光らせているのだが、店員がいるところで犯行におよぶ者はいないらしい。北川にも暇なときに店内を巡回してもらっているが、学校があるので平日は四時過ぎにならないと来られない。そこで、平日の午前中のパトロールを手伝ってほしいんだ」

そんなのやりたくないに決まっている。

「わたしに得はありませんよね？　無償《むしょう》で人を使うのはどうかと思います」

わたしが背筋を伸ばして反論すると、成瀬は表情を変えずに「たしかにそうだな」とうなずいた。

「時間をとらせてすまなかった。失礼する」

成瀬はあっさり引き下がり、北川を従えて去っていった。祐生も何事もなかったように「今度は水菜《みずな》を植えようかな」と言いながらホームセンターに向かって歩き出す。

解放されてうれしいはずなのに、この虚《むな》しさはなんなのだ。

こんな気持ちにさせられたクレームはどこに届けたら良いのか。平和堂に言おうにも勤務時間外だから関係ないと言われそうだし、成瀬が言っていたとおり彼女がクビになったところでわたしの気持ちは収まらない。

わたしは匿名掲示板で大津市に住む主婦のスレを探し出し、「オーミー1階のフレンドマートの店員Nがムカつく」と書き込んでみた。成瀬がほかの客に対してもあの調子であれば、賛同の声が得られるに違いない。期待して待っていたのに、「私怨乙」のレスがぽつりとついただけだった。


フレンドマートに行くのが嫌になったわたしは、別の会社が運営しているネットスーパーを使ってみることにした。注文したものが翌日には家に届き、ずいぶん楽だった。ほかの客やレジの店員に煩《わずら》わされることはないし、荷物を持ち運ぶ必要もない。もっと早くネットスーパーを使うべきだったと後悔するほどだ。成瀬との出会いもネットスーパーへのパラダイムシフトのきっかけだと思えば悪くなかった気がしてくる。

しかしネットスーパーとの蜜月《みつげつ》も長くは続かなかった。届いた玉ねぎがくさっていたのだ。これは自然の摂理なので、さすがのわたしもクレームはつけない。しかしフレンドマートなら気軽に交換に行けるのに、ネットスーパーは連絡してから交換までに一日かかる。

ひとつマイナスが目についてしまうと、もうだめだった。

まず、ネットスーパーでは物の大きさがつかみづらい。普段自分が買っているものと同じサイズの調味料だと思っても、いざ届いたものは想像より小さかったりする。

さらに、荷物が届いた直後に買い忘れを思い出しても、すぐには手に入れられない。餃子を作ろうと思ったのに餃子の皮を買い忘れたときには、中身だけをハンバーグ状に焼いて食べた。

こうしたフラストレーションが溜まっていたところに、消費期限切れの商品が届くというミスが起こり、わたしはお客様相談室に電話をかけざるを得なくなった。

相手方はひたすら謝罪し、その日のうちに代替品《だいたい》を持ってきた。相手方に明確な非がある事象でも、指摘するのは疲れるものだ。


ネットスーパーでもクレームを入れるのなら、フレンドマートにお客様の声を響かせるのと大差ない。わたしは自らに課していたフレンドマート禁止令を解き、久しぶりに平日午前のフレンドマートに足を踏み入れた。

ネットスーパーでは平面のスマホ画面に整然と並んでいた商品たちが、フレンドマートではこれでもかというぐらいに存在感をアピールしている。ネットスーパーの在庫は数字でしかないのに、実店舗ではこれほどまでに膨らんで見えるのかと不思議な感じがした。

晩ごはんの肉じゃがの材料を買い込み、お菓子売り場の通路を通ったときだった。前を歩いていたおばあさんが、カートに吊るした黄緑色のエコバッグにブルボンのルマンドを素早く収めるのが見えた。

わたしはたけのこの里を買い物かごに入れてから、おばあさんのしたことの意味に思い当たって息を呑む。

どうしよう、万引きを目撃してしまった。

おばあさんは何食わぬ顔で通路を進んでいく。こういうのは現行犯逮捕しないといけないものだろうか。だからといってわたしには声をかける勇気などないし、店員に知らせたところでわたしの見間違いだったら困る。

無意識のうちにおばあさんを追いかけていたら、今度はシーチキンの三缶パックがエコバッグに吸い込まれていった。それはまるで手品のような手際の良さで、わたしは大きくため息をつく。見て見ぬふりをするのは簡単だが、こんな大事件を胸のうちに収めておけるはずがない。

急いで会計を済ませたわたしは、気付けばお客様の声のコーナーにいた。この気持ちを吐き出す先はお客様の声のほかにない。いつものようにバッグの内ポケットに手を入れてみたが、あるべき場所にボールペンが入っていない。

どうしてこんなときに！

バッグの中を覗き込んでも見当たらない。しかたなく備え付けのボールペンを使おうと手を伸ばしたが、よりによってインク切れだ。

わたしはお客様の声の記入台を拳《こぶし》で叩いた。八つ当たりせずにはいられなかった。あのおばあさん、いや、万引きババアの悪事を店に伝えなければならない。そういえば直接伝える方法もあると気付いてサービスカウンターに目をやったが、別の老人の対応に追われている。何がサービスカウンターだとクレームをつけたくなったが、ボールペンを失ったわたしに声を届ける術《すべ》はない。

そうしているうちにさっきの万引きババアがカートを押して店を出ようとしているのが見えた。万引きババアはカートを元の位置に戻し、停めてあった自らのシルバーカーにエコバッグを載せ換えた。わたしはその丸くなった背中を追う。

そこでわたしはまたひとつミスを犯したことに気付いた。わたしが目を離したすきに、万引きババアがレジを通ってきちんと精算していた可能性がある。テレビで見た万引きGメンのように優しく声をかけたとて、精算済みだったらすべてが水の泡だ。

わたしの不手際をあざ笑うかのように万引きババアは横断歩道を渡っていった。歩行者用信号は赤になり、黙ってババアを見送ることしかできなかった。


お客様の声を書く気力をなくしたわたしはそのまま帰宅した。バッグをひっくり返してみても、マイボールペンは出てこない。なにかのイベントでもらったボールペンだが、書き心地がよく、お客様の声をスムーズに届けるには最高の相棒だった。こんなときにそばにいてくれないなんて、ひどい裏切りだ。

最後にクレームを書いたのはいつだったか記憶を振り返ってみると、成瀬と初めて会ったときだったと思い出す。急に声をかけられてパニックになり、とっさにボールペンを置いたまま帰ってきたに違いない。

元はと言えばすべて万引きババアが悪い。店の治安が良ければ、わたしが成瀬に話しかけられることもなかったのに。

憎き万引きババアの姿を正しく思い浮かべようとして、わたしはさらなるショックを受ける。エコバッグが黄緑色だったことしか思い出せないのだ。なぜスマホで写真の一枚も撮っておかなかったのか。フレンドマートの店内は撮影禁止だから、店を出たところで撮るべきだった。横断歩道を渡っていった小さな背中がぼんやり思い浮かぶ。

わたしはクレームを正しく伝えるため、自分にドライブレコーダーをつけたいと思ったことがあった。活動している間のすべてが記録されていれば、クレームの証拠になる。今回の万引き事件だって、わたしのドライブレコーダーに記録されていれば警察にも提出できた。

しかしそれはそれで女子高生を盗撮していたとか、あらぬ嫌疑をかけられるおそれはある。わたしはもう考えるのを放棄して、フレンドマートで買ってきた唐揚げ弁当で腹を満たした。


万引き犯を見つけてしまった興奮からか、その夜はなかなか眠れなかった。

あのとき割り込んででもサービスカウンターの店員に伝えておけば、善良な市民としての務めは果たすことができただろう。しかしわたしは口頭で上手く伝えられる自信がなかった。そもそもサービスカウンターの店員に気軽に話しかけられるような性格だったら、お客様の声を利用していない。

わたしには、お客様の声しかないのだ。

翌朝九時半、フレンドマートの開店時刻に合わせてわたしはお客様の声ブースに赴《おもむ》いた。新たに家から持ってきたボールペンを右手に握りしめ、左手で勢いよく用紙を一枚引き抜き、記入台に置く。

いざ書こうとボールペンを紙に当ててみたが、どうも様子がおかしい。書き慣れているはずの用紙なのに、何から書いていいか思いつかないのだ。いつもだったらわたしの右手は雄弁に動き出すのに。

だいたい、ここに名前を書いて良いものか。これまでのクレームなんてちっぽけなもので、わたしとフレンドマートの間で通じればよかった。それに対して万引きの目撃情報はフレンドマートを飛び出して警察まで届く可能性がある。警察官が事情聴取のために家まで来たら厄介だ。

でもやっぱりフレンドマートで普段から買い物している者として、店内のものを精算せずに持って帰る人物がいるのはフェアじゃない。度重なる万引きで店の経営が悪化して閉店でもされたら困るのはわたしのほうだ。

ボールペンを握りしめたままぐるぐる悩んでいたら、目が回りはじめたように気持ち悪くなってその場にしゃがみこんでしまった。店内放送の平和堂イメージソング「かけっことびっこ」が場違いに響いている。

「大丈夫ですか？」

近くでカートの整理をしていた中年の女性店員が駆け寄ってきた。名札には「有村」と書かれている。

「ちょっと気分が悪くて」

「少し休まれますか？」

大丈夫ですと言って立ち上がりたいのに体が動かない。焦れば焦るほど腰の力が抜けていくようだ。少し前なら妊娠初期症状ではないかと色めき立っただろうが、残念ながら行為に心当たりがない。ぼんやりした意識の中、わたしはお客様用車いすでバックヤードのソファに運ばれた。

「ここは休憩室として使っている部屋なので、安心して休んでください」

有村はわたしにタオルケットをかけてくれた。

「ごゆっくりなさってください」

先日名指しでクレームを入れたことが申し訳なくなるほど親切な対応だ。有村が部屋を出ると途端《とたん》に眠気が襲ってきて、わたしは目を閉じた。


「目が覚めたか」

成瀬に顔を覗き込まれ、わたしは「ぎゃー」と叫んでいた。

「驚かせてすまない。体調はどうだ」

時計を見ると一時を指している。三時間以上眠っていたらしい。視界はクリアで、ただの睡眠不足だったことがうかがえる。

「どうしてここに？」

「わたしはいま出勤してきたところだ。引き継ぎで、体調を崩して寝ている人がいると聞いた。容態が悪化していないか、確認にきた」

「学校は？」

「すでに半分夏休みみたいなものだから、今日は一時からのシフトなんだ」

大学生はいいなと思ったものの、わたしも一年中夏休みみたいなものだった。

「もう平気です。長居してすみません。もう帰ります」

わたしが上体を起こすと、成瀬は「急に起き上がってはいけない」と制した。

「顔色が悪い。無理しない方がいい」

「うるさい！」

思わず怒鳴ってしまった。これではただの八つ当たりだ。わたしの怒りにも成瀬は動じることなく「わかった」とうなずき、

「それでは好きなタイミングで帰ってくれ」

と小声で言った。うるさいというのはそういう意味じゃない。素直に立ち去ろうとしている成瀬を見たら余計にイライラしてきて、わたしは切り札を出すことにした。

「きのう、万引きしてる人を見ました」

「ええっ」

さっきの小声を忘れたかのような大声を上げる。

「でも、わたしの見間違いかもしれないし、証拠の写真もなくて、言えなかったんです」

「いや、それでも構わない。目撃情報が増えていけば捕まえやすくなる。どのあたりで見かけたか、ぜひ聞かせてほしい」

成瀬は自らの忠告をあっさり撤回したようで、わたしを連れて売り場に出ていった。たっぷり寝たおかげで、来たときよりも元気になっている。わたしは万引きババアを見つけた場所を案内した。

「このあたりです。カートに吊るした黄緑色のエコバッグに、ブルボンのルマンドと三個入りのシーチキンを入れたように見えました」

成瀬はうなずきながらメモを取っている。

「本当にシーチキンか？　ライトツナである可能性はないか？」

　ずいぶん見当違いな質問だ。冗談なのかと思って成瀬を見るが、警察の取り調べかと思うほど険《けわ》しい顔をしている。

「そこまでよく見てません」

「すまない。混同している人が多いので、つい熱くなってしまった」

「はぁ」

「おばあさんの特徴は？」

「白髪で、腰が曲がっているぐらいしか記憶にありません。シルバーカーを押して帰っていきました」

「まぁ、よくいるタイプのお客様だな」

　万引きババアのことをちゃんとお客様扱いするあたり、最低限のビジネスマナーはあるらしい。だったらなぜわたしにタメ口なのか。

「しかし、黄緑色のエコバッグというのは有力な情報だ。服装は毎日変わるが、エコバッグはそうそう変わらないからな。そういうピースを集めていくことが重要だ」

　成瀬は満足そうにメモ帳とペンをエプロンのポケットに収めると、何かを思い出したように顔を上げた。

「そういえば、これは君のボールペンではないか」

　成瀬はエプロンのポケットから「ガスてん」と書かれたノック式のボールペンを取り出す。それはまさしくわたしのお客様の声用ボールペンだった。

「そうです！　どうしてこれを？」

「お客様の声の近くに落ちていたのを回収してあったんだ」

もう会えないと思っていた友達と巡り会った気分でそのボールペンを受け取る。

「これからも、この店のためにお客様の声を寄せてほしい」

成瀬はそう言い残して仕事に戻っていった。


成瀬の思惑通りになってしまったのは癪《しゃく》だが、万引き犯を見つけて情報提供できたのは素直にうれしかった。これまでのクレームと違って、万引き犯を捕まえるという明確なゴールがあるのがいい。ここまできたらなんとしてもあの万引きババアを特定して手柄を上げたい。そう考えたわたしは毎日フレンドマートに足を運ぶようにした。

似たようなおばあさんを見つけてマークしてみるが、当たり前のようにみんな買い物かごに商品を入れ、レジで精算して帰っていく。あの万引きババアでなかったことにがっかりしている自分に気付き、これはいけないと頭を振った。

フレンドマートを巡回していると、いろいろなことに気付く。動線が悪く混雑しやすい場所や、死角になって危険な場所など、見つけるたびにお客様の声にのせて投函した。

「ことちゃん、最近調子良さそうだね」

祐生の言うとおり、このところ気持ちが穏やかだ。成瀬に頼まれたことで、お客様の声を投函したあとの後ろめたさが解消されたのだ。

七月末になると本格的な夏休みに入ったようで、午前中から成瀬を見かけるようになった。

レジやサービスカウンターに入り、表情の乏しい顔で接客をしている。店員は常に笑顔でいるよう教育されるものだと思っていたが、成瀬はあれで許されているのだろうか。

これまでは成瀬のレジを避けてきたが、どんなものかと興味本位で並んでみた。

「いらっしゃいませ」

成瀬はわたしのかごの中の商品を一瞥《いちべつ》して「三四〇〇」とつぶやき、商品のスキャンをはじめた。

「なにそれ」

「かごの中身を見ただけで、合計金額を算出する練習をしているんだ」

「ユニクロかよ」

どんな人生を送ればこのように泰然自若《たいぜんじじゃく》と構えていられるのだろう。

「そうそう、もうじきときめき夏祭りだ。呉間氏もぜひ来てくれ」

成瀬の指さす先にはときめき夏祭りと書かれたポスターが貼ってある。わたしが「ふーん」と空返事をすると、成瀬はすべての商品を通し終えて「三二八九円です」と言った。

HOPマネーで精算してサッカー台に移ったわたしは、目の前のときめき夏祭りポスターを見て声を上げそうになった。右下の写真には成瀬と見知らぬ女子が「司会：ゼゼカラ」のキャプションを付けられ並んでいる。

わたしが知らなかっただけで、成瀬は有名人だったのか。わたしが成瀬のほうをちらっとうかがうと、さっきと同じ無表情で商品をレジに通していた。

今までのわたしだったらきっと成瀬の勤務態度にクレームを入れていたに違いない。あのような無表情で接客されると怖いですとか、客に対するホスピタリティが足りないとか、書きようはたくさんある。

しかしそもそも、なぜ店員は笑顔でいることを求められるのか。成瀬は正確にレジ処理をしてくれたし、それで十分ではないか。勤務態度にまでクレームをつけるのはただの憂《う》さ晴《ば》らしだと思われてもしかたがない。まさに「祝ってへんのか」の領域である。

「失礼いたします」

成瀬がわたしの隣に買い物かごを置いた。少し遅れて、腰の曲がったおばあさんがやってくる。おばあさんのためにかごを運ぶサービスを行ったようだ。ますます完璧な接客である。見るともなくおばあさんの動作に目をやったわたしは、呼吸を忘れた。

黄緑色のエコバッグ！

忘れもしない、あの万引きババアではないか。

あわててレジに目をやると、成瀬はすでに次の客のレジ処理に入っている。ここで割り込むのはわたしがかつてクレームをつけた忌《い》むべき行為である。自分のクレームが自分の首を絞めることになるなんて！

わたしはやむを得ず成瀬のレジに並んだ。そうしている間も万引きババアは荷物を詰めて帰る方向に向かっている。成瀬はおそらくわたしに気付いているだろうが、スピードアップすることなく前のご婦人の買った商品をレジに通していた。

間に合ってほしいという願いも虚しく万引きババアは店を出ていく。

「どうかしたのか？」

前の人のレジを終えた成瀬がわたしに尋ねる。

「さっき、成瀬さんがレジを担当したおばあさんが先日の万引き犯です」

わたしが言うと、成瀬は目を見開いた。

「よく伝えてくれた。あれは佐々木《ささき》さんだ」

「名前わかるの？」

「ＨＯＰカードに書いてあった。わたしは一度見た顔と名前を忘れないんだ」

そんなこと可能なのかと突っ込みたいところだが、今は万引き犯のほうが問題だ。今日は犯行に及んでいないとしても、ＨＯＰカードを出して身元を明かすなんて自殺行為である。もしかしてわたしが見たのは間違いだったのだろうかと不安になっていると、成瀬も「ずいぶん大胆だな」と同じことを思っているらしかった。

「ひとまず容疑者が特定できた。全従業員に共有するから、そのうち捕まるだろう。しかし万引き被害がなくなることはない。また気付いたことがあったら教えてくれ」

わたしははっとした。こうして毎日営業しているスーパーで、盗みを働くのがあの万引きババア一人だけであるはずがない。老齢女性にとらわれず、もっと視野を広く持っておくべきだった。

「顔色が悪いぞ。休んでいくか？」

成瀬に顔を覗き込まれて、呼吸が苦しくなっていることに気付く。

「いえ、大丈夫です」

わたしは深呼吸をしたが、頭が熱くなっていて落ち着かない。またあのときみたいに倒れてしまったらどうしようかと思っていたら、成瀬がレジから出てきた。

「すまない、お客様の体調が悪くなったので、家まで送っていく。レジを代わってもらえるだろうか」

成瀬はほかの店員に声をかけて、わたしの荷物を持った。

「いやいや、ひとりで帰れるから」

「途中で倒れたりしたら困るだろう。君の自宅が近いのは見当がついている」

成瀬はわたしの背中に手を添えて歩き出した。

「わたしに自宅を知られたくなければ、近くまで行ったところでごまかしてくれたらいい」

「いや、そこだし」

オーミー大津テラスを出て、すぐそばに見えるマンションを指差す。

「レイクフロント大津におの浜メモリアルプレミアレジデンスに住んでいるのか」

「成瀬さんも？」

こんなに長ったらしいマンション名を正確に言えるなんて、住人としか考えられない。

「いや。わたしが住んでいるのはびっくりドンキーの向こうに見えるマンションだ」

成瀬も徒歩五分程度のところに住んでいるらしい。

「住んでもないのにうちのマンションの名前言える人はじめて見た」

「建設中にでかでかと書かれていたのだからみんな知っているだろう」

なるほど、一度見た顔と名前を忘れないと豪語《ごうご》するだけのことはある。

「このマンションができたのはまだ去年のことだろう。どこから引っ越してきたんだ？」

「大阪から」

祐生は三年前に大阪から滋賀に転勤になり、しばらく大阪から通っていたのだが、琵琶湖を気に入ったそうで滋賀に引っ越そうと提案したのだ。環境を変えたらわたしのクレーム癖も収まるかと期待したが、残念ながらそうはならなかった。

「大津に引っ越して来てくれたおかげで出会えたんだな」

こんな歯の浮くようなセリフ、よく言えるなと思っているうちにマンションのエントランスに着いた。ちょうど中年女性が中から出てきて、平和堂のエプロンをつけた成瀬に遠慮のない視線を向けている。彼女がクレーマーだったら、フレンドマートの店員が勤務時間中にうろうろしているとクレームをつけてしまうかもしれない。

わたしは相手に状況がわかるよう、「体調が悪くなったわたしをここまで連れてきてくださりありがとうございました」と大きな声で説明した。

成瀬は急に様子が変わったわたしにも臆《おく》することなく「ありがとうございました、またのご利用をお待ちしています」と明瞭に発声してお辞儀をすると、店の方へと戻っていった。

〈大津市打出浜のスーパーで食料品など三千円分を万引きしたとして、大津署は二日、大津市在住の女性を現行犯逮捕した。女性は同店で数十回にわたって万引きをした疑いがあり、目撃情報が寄せられていた〉

数日後、新聞の地域面に小さく載ったニュースを見て、わたしは天を仰いだ。わたしの声が、目撃情報として犯人逮捕に結びつくなんて。これまでモヤモヤと発してきたお客様の声が、向こうの山まで届いてやまびことして返ってきたようだ。

祐生は「ことちゃんのおかげで犯人が捕まるなんて、すごいね」と手放しに褒めてくれた。主婦になって以来、いや、それ以前の人生を含めても、一番の達成感かもしれない。わたしはその新聞記事を切り抜き、ピンクの水玉のマスキングテープで手帳に貼り付けた。


ときめき夏祭りには行く気がなかったが、祐生が「お楽しみ抽選会もあるし、行ってみようよ」と誘うので足を運ぶことにした。フレンドマートの商品券や、ホテルの宿泊券が当たるらしい。

「当たるといいね～」

祐生は各世帯に配られていた抽選券を受付の抽選箱に投じた。

小規模な地域の祭りを想像していたが、小学校のグラウンド全体を使っていて思いのほかたくさんの人が来ている。ステージでは何かの表彰式をやっていて、子どもたちが賞状を受け取っていた。

「おう、呉間氏じゃないか。よく来てくれた」

わたしと祐生が屋台のあたりをうろうろしていると、水色のユニフォームを着た成瀬が近付いてきて声をかけた。

万引きババアが捕まった後もわたしは引き続きフレンドマートを利用しているが、成瀬と言葉を交わすのがなんとなく気まずくて、気配を消してほかの店員のレジに並んでいる。顔を合わせるのは久しぶりだ。

「先日は言実さんのおかげで万引き犯を捕まえることができた」

成瀬が祐生に向かって報告する。

「うんうん。ことちゃんも成瀬さんもすごいね」

祐生は穏やかに微笑んでわたしたちを称えた。

「成瀬さん、司会なんだね」

「あぁ。幼なじみの島崎とゼゼカラというコンビを組んで活動している」

本部テントのほうに目をやると、成瀬と同じユニフォームを着た女子がほかの女子たちと輪になって話をしている。わたしにもあんなふうに何もかも笑える時代があったと懐かしく思う。

「せっかくだからビール買ってくるよ」

祐生はそう言って、ビールの屋台に向かって歩いていった。わたしもついていこうとしたが、成瀬が何か言いたそうだったのでそのまま留まる。

「ちゃんとお礼を言っておきたかったんだ。ありがとう」

成瀬にまっすぐ見つめられ、どう反応したらいいのかわからずうつむく。

「わたしは呉間氏のお客様の声に一目置いていたんだ。ほかのお客様の声は感情的なものや意味不明なものが多いのに、呉間氏の声は状況が伝わるように書かれていて、どこに問題があるのか、よくわかった。店員視点では気付かないことも多いから、呉間氏の意見は貴重なんだ」

喜びで体の芯が熱くなるのがわかる。わたしはなぜか、許されたと思った。ずっとお店に迷惑をかけていると思っていたけれど、そんなことはなかった。これからは世のため人のため、お客様の声を届けていこう。

「これからもぜひ、フレンドマートを利用してほしい」

バイトのくせに社長のようなことを言う。

「わかった」

わたしが応えると、成瀬は満足そうにうなずいた。


祐生とビールを飲んでいるうちに表彰式が終わり、お楽しみ抽選会がはじまった。はっぴを着た実行委員長がステージに上がり、抽選箱から抽選券を引く。

「五等のときめき商店街お買い物券千円分、一人目の当選者は……581番の方です！」

子どもたちは各々が持っている半券の番号を大声で叫び、当たらないと大きなため息をつく。祐生は近くにいる小学生たちと「何番？」「次当たるかな？」とコミュニケーションをはかっていた。

三等のフレンドマート商品券三千円分が一番ほしかったが当たらず、残すは二等のミシガンクルーズペア乗船券と、一等のびわ湖大津プリンスホテルペア宿泊券となった。

なんでもかんでもペアにしやがって、独り者への配慮が足りないのではないかというクレームが浮かんだが、これは世のため人のためになるクレームだろうか。もっとも、この祭りにはお客様の声コーナーがないから、クレームを届ける術がない。

「二等のミシガンクルーズペア乗船券、当選者は……354番の方！」

祐生の隣の小学生が「あーっ！」と大声を上げる。

「おっちゃん、当たってるやん」

祐生の持つ抽選券を見ると、そこにはたしかに「３５４」と書かれていた。

「わぁ、ほんとだ！　ことちゃんもついてきてよ」

わたしは信じられない思いで祐生についていく。これだけたくさんの人がいるのだから当たるわけないだろうと油断していた。もしかしたら万引き犯を捕まえた善行のおかげかもしれない。

「せっかくなので、当選者の方にインタビューしましょう」

三等までそんなコーナーはなかったのに、余計なことをする。わたしたちは人の良さそうな実行委員長に促されてステージに上がった。子どもから大人まで、たくさんの住民がこちらに視線を向けている。

「おめでとうございます」

緊張で言葉が出ないわたしに代わり、祐生が「ありがとうございます」と笑顔で封筒を受け取る。

「ミシガンに乗られたことはありますか？」

ミシガンが大津港から出ている遊覧船ということは知っているが、乗ろうと思ったことすらなかった。

「去年大津に引っ越してきたばかりで、まだ乗ったことがないんです」

祐生が如才《じょさい》なく応じると、実行委員長は大げさな調子で「そうなんですね」と相槌を打つ。

「ぜひお二人で楽しんできてください」

住民たちに拍手を送られ、どんな顔をしていいものだかわからない。ステージの脇では成瀬とその相方がこちらを見上げて拍手をしている。わたしはぺこぺこ頭を下げながらステージを下りた。

その後も祐生が「せっかくだから最後までいようよ」と言うので、ゼゼカラの漫才を見て、盆踊りをして帰宅した。ややウケの漫才も、見よう見まねの盆踊りも、地域の祭りらしさがあって悪くなかった。

「ミシガンが当たるなんて思わなかったね」

「俺、一度乗ってみたかったからちょうどよかった」

スマホで調べたところによると、ミシガンクルーズ九十分コースは大人一人三千円だという。六千円相当となるとなかなかの高額当選だ。わたしは頰を緩ませながら封筒を開けて――目を疑った。

「……何も入ってないんだけど」

さすがの祐生も「えっ？」と声を上げる。その場で確認しなかったわたしたちも悪いが、これは運営がお粗末過ぎる。しかし後から申し出たところで、本当は入っていたのに入っていなかったと言い張る詐欺師だと思われないだろうか。久しぶりに頭の中でワカメが膨らむ感覚が生まれる。

「チラシある？　電話番号書いてない？」

「実行委員長の携帯の番号が書いてある」

わたしはスマホに番号を打ち込み、発信ボタンをタップして耳に当てる。呼び出し音を聞きながら、この状況を正確に説明する文章を考える。

コンビーフはうまい

「それで、成瀬さんはどこに住んでるのー?」

「におの浜だ」

「へぇ、そうなんだー。大学はー?」

「まだ高校三年生だ」

「えっ、そうなのー? 受験は終わった?」

「入試は終わって、合格発表を待っているところだ」

「ってことは国立? すごーい」

わたしはインスタの画面をスワイプしながら、前列の机に座る二人の会話をイライラしながら聞いていた。成瀬という女子に、その隣の阿部《あべ》という女子が絡んでいる。成瀬は明らかに会話を続ける気がなさそうなのに、どうして阿部にはわからないんだろう。わたしだったら空気を読んで適当にフェードアウトするのに。

「そうだ、せっかくだし、LINE交換しない?」

「すまない、わたしはスマホを持っていないんだ」

わたしは思わず顔を上げて成瀬のほうを見た。無言でスマホをいじっていた隣の女子も顔を上げたのがわかる。連絡先を教えたくない言い訳にしてもムリがある。わたしもわたしの友達も、小学生のころからみんな当たり前に持っていた。

成瀬は何かをメモして阿部に手渡した。

「わたしの自宅の電話番号だ。『コンビーフはうまい』と覚えてくれ」

後ろの席の女子が小さく噴き出したのが聞こえた。阿部も戸惑った様子で「う、うん」と応じている。わかるよ、ナゾだよね。コンビーフはうまい。コはたぶん5だろうけど、どうやって続けたらそうなるんだろう。隣の女子が視線を送ってきたのを感じたので、顔を見合わせて首をすくめておいた。

そこへスーツを着たおじさんが入ってきて、ホワイトボードの前に立った。

「お待たせしました。これより、びわ湖大津観光大使選考会をはじめます」

びわ湖大津観光大使は大津市の観光PRをするボランティアだ。二人一組でおそろいの衣装を着て、大津市内外の観光イベントに登場する。応募条件は大津市在住・在学・在勤の十八歳以上。だったらおじいさんでもよさそうな感じだけど、毎年二十歳ぐらいの女子二人が選ばれている。事実、書類選考を通過してここにいる八人は全員同世代の女子だ。

そしてたぶんみんなは知らないけど、わたしが合格することはすでに決まっている。十九歳でびわ湖大津観光大使になることは、生まれたときからのさだめだから。わたしのお父さんは大津市議会議員。お母さんの実家は大津でも有名な和菓子屋。そしておばあちゃんも、お母さんも、元観光大使なのだ。

わたしのおばあちゃんの頃は、観光大使じゃなくてミス大津と呼ばれていた。今よりもっとわかりやすく、容姿のすぐれた若い女性が選出されていたらしい。

おばあちゃんはミス大津の活動をきっかけに知り合った和菓子屋の若旦那と結婚して、お母さんを産んだ。お母さんも十九歳で大津市観光大使になったんだけど、その三年前に初の母娘観光大使がいたから、あんまり大きく取り上げられなかった。

それを悔しがったおばあちゃんとお母さんは、前代未聞の三代連続観光大使を目指すことにした。びわ湖大津観光大使の座を確実にするために重要なのは見た目とコネだと考え、男前と評判だった市議会議員の息子と結婚。長男が生まれた後に、めでたく授かったのがわたしである。実際よくかわいいとか美人って言われるし、おばあちゃんとお母さんの目論見は成功したんだろう。

わたしは小さな頃から大津市内や近郊の観光スポットに連れていかれ、あらゆるうんちくを叩き込まれた。観光大使としての受け答えや立ち居振る舞いといったマナーも完璧だ。外国人にも対応できるように、小さい頃から英会話教室に通って日常レベルの英会話を身につけた。

ここにいる誰よりも、びわ湖大津観光大使になるために生きてきた自信がある。理想の観光大使のイメージを作り、それにコミットして生きるのは嫌じゃなかった。見た目とコネに加えて大津観光への理解もあれば、選考する側も落とすわけにはいかないだろう。

さて、問題はもう一人だ。うざ絡みの阿部とは組みたくないし、コンビーフはうまいの成瀬と組むのも微妙な感じ。隣の女は無難だけど、スマホケースがリアルな海老を模したもので、観光大使のイメージにちょっと合わない。目を引く正統派美人もいるけど、たぶん観光のことにはそれほど興味なくて、マスコミ業界への足がかりにしようとしている匂いがぷんぷんする。

わたしの直感では成瀬が選ばれそうな気がする。言葉では説明しづらいけれど、不思議なオーラがあるから。でも、観光大使はインスタとかで情報発信しないといけないし、スマホを持ってないなんて大丈夫だろうか。

そんなことを考えているうちに筆記試験の用紙が配られたので、わたしは髪を耳にかけ、「篠原《しのはら》かれん」と名前を書いて解きはじめた。

〈びわ湖大津観光大使に篠原さん、成瀬さん
来年度のびわ湖大津観光大使に篠原かれんさん（19）＝大津市坂本《さかもと》、成瀬あかりさん（18）＝同市におの浜　の二人が選ばれた。3月29日には琵琶湖ホテルで就任式が行われる予定。任期は4月1日から1年間〉

観光大使の衣装は毎年変わる。黄色や黄緑、水色と年によってさまざまだが、今年は白のベースに黒いラインが太く縦に入った衣装でなかなか渋い。白い帽子に白い手袋をつけて、「びわ湖大津観光大使」と赤字で書かれたたすきをかける。

成瀬も無難に衣装を着こなして着席している。何か話しかけたほうがいいだろうかと思っているうちに就任式がはじまって、順番に辞令を受け取った。

就任式を終えたわたしたちは囲み取材に応じることになった。

「篠原さんはおばあさまもお母さまも観光大使だったそうですが、三代連続で就任された今のお気持ちはいかがですか」

想定どおりの質問に、自然と口角が上がる。

「はい。小さな頃から観光大使にあこがれていたので、こうして選ばれて光栄です」

観光大使に選ばれたという電話がかかってきたとき、わたしは「そりゃそうでしょう」って感じだったけど、おばあちゃんとお母さんの喜び方を見たら「これって結構すごいことだったんだ」ってわかった。お祝いに身内で松喜屋に集まって、一番高い近江牛のコースを食べた。

「成瀬さんはどうして観光大使に応募されたんですか？」

記者が成瀬にマイクを向ける。わたしもちょっと興味があった。アナウンサーとかタレントを目指しているわけでもなさそうだし、政治家にでもなるつもりだろうか。

少しの間を置いて、成瀬は口をひらいた。

「わたし以上の適任者はいないと思ったからだ」

わたしは思わず「うぇっ⁉」と奇声を上げた。ＩＣレコーダーを構えた男性記者が固まったのがわかる。成瀬は毅然とした表情で、冗談を言ったふうでもない。

「わたしはびわ湖大津を世界に発信していくつもりだ。中学生の頃から幼なじみとゼゼカラというコンビを組んでときめき地区の発展に努めてきた。その活動範囲を大津市全域に広げるのが一年間の目標だ」

スマホを持っていない時点で変わってるとは思っていたけど、想像以上にやばい奴だった。

勢力を広げたいなんて、戦国武将の志《こころざし》だ。

「篠原さんの方はどうですか」

記者は助けを求めるようにわたしに話しかけた。

「わたしは小さい頃から琵琶湖を見て育って、大津市が大好きです。この愛する地元を全国各地にPRしていくために、尽力《じんりょく》したいと思いました」

記者の間でほっとした空気が流れたのがわかる。就任式のインタビューはお母さんと家で何度もシミュレーションしたから完璧だ。

「なるほど、篠原もわたしも方向性は同じだ」

篠原？　いきなり呼び捨て？　あ、同じ会社の人を呼び捨てにするっていうビジネスマナーかな。一応納得したけど、なんか違う気がする。

「びわ湖大津観光大使として、具体的にどのようなことをしていきたいですか」

「わたしは情報発信に力を入れるつもりです」

成瀬にしゃべらせないよう、素早く回答する。

「これまでも、個人的にInstagramで琵琶湖や大津市内の史跡《しせき》の写真を撮ってアップしてきました。今後はさらに大津市各地に出向いて、ビジュアルで大津をアピールしていけたらいいなと思っています」

「なるほど、それはありがたい。わたしはInstagramに不慣れなのでぜひ教えてほしい」

記者たちがどうしていいかわからないという表情で成瀬を見ている。ていうかわたしよりこの子のほうが目立ってない？

「成瀬さんとも、一年間、力を合わせてがんばっていきたいです」

わたしが笑顔を見せると、記者たちは「ありがとうございました！」と成瀬の回答を待たずに取材を切り上げた。

「篠原がしゃべってくれて助かった」

成瀬がなんのてらいもなく話しかけてきた。やっぱり篠原呼びで通すつもりらしい。だけどわたしのほうが年上だって主張するのも心が狭い。そっちが呼び捨てならこっちも受けて立とう。

「成瀬はスマホ持ってないんじゃなかった？」

「あぁ、選考会のときはそうだった。大学に行くのに連絡が取れないと困るからといって、母親が契約してくれたんだ」

呼び捨てには何も突っ込まれなかった。わたしの質問にはちゃんと答えているし、話は通じるらしい。

「どこの大学行くの？」

「京都大学だ」

なんとなくそんな予感はあった。中学時代、同じクラスに特殊相対性理論に傾倒《けいとう》している変わり者がいた。その子は膳所高から京大にストレートで合格したらしいんだけど、それと似た匂いを感じる。

成瀬はバッグから最新式の iPhone を取り出して見せてくれた。

「これまで使ったことがないので、まだよくわかっていないんだ」

そう言いながら成瀬が立ち上げた画面には、アプリが初期配置で並んでいる。スクリーンタイムには一日平均の利用時間が三分と表示されていた。わたしは平気で六時間とか使ってるからびっくりする。

「そもそも電話をかけるにはどうしたらいいんだ」

「そこから⁉」

成瀬が表示させた電話帳には「成瀬自宅」という名前で家電《いえでん》の番号が入っていた。

「ここを押せば電話がかかるよ」

成瀬の自宅の番号は予想通り5からはじまっていたけど、その先の数字が語呂合わせになっていない。

「なんでこれが『コンビーフはうまい』になるの？」

「聞いていてくれてたんだな」

成瀬はなぜかうれしそうに、コンビーフはうまいの由来を説明してくれた。語呂合わせだけではなく、あいうえお表の順番や文字の画数を持ち出したかなりムリのある理屈だったが、不思議なもので一度聞いたら覚えた。

「困ったらいつでもかけてくれ」

「家電なんてかけたことないよ」

成瀬のホーム画面をよく見ると、一応ＬＩＮＥとInstagram はダウンロードしてある。でもまだ何のカスタマイズもされていない状況で、八十近いうちのおじいちゃんのほうがよっぽど使いこなしている。

「逆に成瀬はスマホでなにができるの?」

「LINEは使っている。東京に引っ越した幼なじみと、母親とは連絡がとれる」

Instagramはアカウントを取っただけの状態らしく、誰もフォローしていない。

「せっかくだからインスタのアイコンの写真、この衣装で撮ったらどう?」

「それはいいアイデアだ。びわ湖大津観光大使の名に恥じぬよう、琵琶湖を背にして撮るのがいいだろう」

成瀬はそう言うと部屋を飛び出していった。このあとは観光協会の関係者とホテル内で昼食会の予定だけど、すぐにはじまるふうでもない。わたしは職員に「すみません、すぐに戻ります」と声をかけて成瀬を追いかけた。

三月下旬でも湖岸の空気はまだ冷たい。成瀬は琵琶湖を背にして立つと、気をつけの姿勢でこっちを見た。観光大使としての立ち居振る舞いはこれから研修があるって聞いてるけど、初期設定がこれでは不安がありすぎる。

「バスガイドさんみたいに左手を上に向けてみて。右手はおへそのあたり。そうそう、肩の力は抜いて。つま先はちょっと開く感じ」

成瀬はわたしの言うことを素直に実践してみせた。おかげでポーズは整ったものの、無表情で堅苦しい。

「ちょっと口角上げてみて」

「こうかく」

成瀬は今まで口角なんて上げたことないですって顔で復唱する。

「笑顔の口にするってこと」

わたしのアドバイスによって、琵琶湖を背にしてやさしく微笑むびわ湖大津観光大使ができあがった。成瀬の iPhone で全身とバストアップの写真を撮る。

「うんうん、いい感じ。映《ば》えてるよ」

わたしが iPhone を返すと、成瀬は画面をスワイプして撮った写真を確認する。

「なるほど、これが『映《ば》え』か」

「アプリ使って加工することもできるけど」

そんなこと言いつつ、成瀬には無加工のほうが合っている気がした。わたしの中学高校時代の写真はことごとく盛りまくっていて、素顔の写真がほとんど残っていない。大学に入ってからはそれほど盛らなくてもいいのではと気付きはじめ、最近は素顔の延長線上ぐらいの加工に落ち着いている。

「そういった技術もこれから教えてほしい」

成瀬はわたしの撮った写真をさっそくインスタのアイコンに設定している。

「篠原の Instagram のアカウントを教えてもらえるか」

わたしは自分のアカウントのＱＲコードを表示して、スマホで読み込む方法を教えてあげた。

「へえ、映《ば》えてるな」

成瀬はわたしの投稿をひとつずつ表示して「このユリカモメの撮り方がいい」とか「日吉《ひよし》大社《たいしゃ》の静謐《せいひつ》さがとてもよく出ている」とか事細かに褒めはじめた。

「この、文章のはじめの『あさぼらけ☆おはかれ〜！』というのは何だ」

声に出して読まれたことがなかったから、めちゃくちゃ恥ずかしい。

「わたしオリジナルの挨拶だよ。わたしのことはいいから、成瀬も何か投稿してみたら？」

話を無理やり逸らすと、成瀬ははっとした表情で「たしかにそうだな」と琵琶湖にスマホを向けた。成瀬はなんともない琵琶湖の写真を撮り、キャプションなしで投稿した。


翌朝の「おうみ日報」にはびわ湖大津観光大使の就任式の様子が掲載されていた。

「かれんの記事、さっそくコピーしたよ」

お父さんから手渡されたカラーコピーに目を落とすと、同じ記事を見ているお母さんが音読をはじめた。

「『篠原さんは大津市議会議員篠原裕章《ひろあき》さんの長女。祖母の景子《けいこ》さん、母のゆりえさんも大津市の観光大使を務めた経験がある。三代での就任は記録が残っている中では初めてだという』だって！」

両親とも名前が載ってうれしそうだ。

「そうそう、裕介《ゆうすけ》にも送ってやろう」

裕介は東京に住んでいる二歳上のお兄ちゃんのことだ。わたしのことなんて興味ないんじゃないかと思うけど、お母さんは「そうだね」とスマホで記事を撮っている。

「もう一人の子と並ぶと、かれんがお姉さんみたいに見えるね」

わたしは思わず苦笑した。お父さんの言うとおり、わたしのほうが成瀬より十センチぐらい大きいから姉妹みたいに見えなくもない。でもあのキャラクターと姉妹ってことにするのは、たとえ設定でもムリがある。

きのうの昼食会で、成瀬は大津市中心部の路線バスの問題について熱く語っていた。大人たちはどうしていいかわからない顔で成瀬を見ていて、わたしはニコニコ聞いてるふりをしながらビワマスのソテーを味わっていた。

「そうそう。パートナー次第でやりやすさが変わるからね。明らかに仲悪そうな年もあるから心配してたよ」

お母さんが観光大使だったときのパートナーは前田《まえだ》さんという人だ。今でも連絡を取り合っていて、年に数回会ってランチをしている。

わたしと成瀬もそんな長い付き合いになったりするのかな。しないだろうな。

びわ湖大津観光大使としての初仕事は、四月十九日に金沢駅で行われる「おいでやすびわ湖滋賀フェア」だった。同行するのは観光協会の藤野《ふじの》さんと米田《よねだ》さん。藤野さんはこの前の選考会で前に立っていたおじさんで、米田さんは二十代後半ぐらいの女性だ。

わたしは湖西《こせい》線ユーザーなので、琵琶湖線沿いに住む三人とは敦賀《つるが》駅で合流することになっている。一足先に着いたわたしは北陸新幹線の乗換口で写真を撮り、

「あさぼらけ☆おはかれ〜！　今日はこれから観光大使のお仕事で金沢に行ってきます。いいお天気でよかった！　#北陸新幹線」

のキャプションとともにインスタに投稿した。

スマホをバッグにしまって視線を上げると、明らかに異様なオーラをまとった人物が歩いてくるのが見えた。モノトーンの衣装に、びわ湖大津観光大使のたすきが映《ば》えている。藤野さんと米田さんはその後ろから、少し距離をおいて歩いてきた。

「おはよう」

成瀬は何食わぬ顔で話しかけてきた。

「その格好で来たの？」

「これなら往路と復路でもびわ湖大津観光大使であることをアピールできるからな」

道行く人たちが成瀬の方をちらちら見ている。なんでこんなに堂々としてるんだろう。私服で来たわたしのほうが間違ってる気がしてきた。

「家から着てきてくれたんだって」

明らかに苦笑いとわかる表情を浮かべる観光協会の二人を見たら、ちょっと腹が立ってきた。成瀬はただ観光大使としての職務をまっとうしようとしているだけなのに。

同時にわたしは反省した。ずっと観光大使になるために育てられてきたくせに、成瀬のほうがモチベーションが高いではないか。

新幹線の発車時刻まではまだ十分ある。わたしは「念のためトイレに行っておきます」とダッシュでトイレに駆け込み、新快速のようなスピードで観光大使の衣装に着替えて戻った。

「成瀬さんの言う通り、わたしも往路と復路でびわ湖大津観光をアピールしたほうがいいと思いました」

ぎょっとする職員の隣で、成瀬は満足げに「それは素晴らしい心がけだ」とうなずいた。

北陸新幹線の金沢駅から敦賀駅間が開業したのは去年の三月のことだ。まだ乗ったことがなかったから、ひそかに楽しみにしていた。

「インスタに使えるかもしれないので、写真を撮っておきますね」

わたしはスマホでつるぎ号の車両を何枚か撮影してから乗り込んだ。

「この、投稿の上に丸く並んでいるアイコンは何だ」

わたしと成瀬は隣同士の席をあてがわれた。成瀬はスマホを見ながらインスタの使い方を熱心に尋ねてくる。

「ストーリーっていって、二十四時間で消える投稿だよ」

「どこにも残らないということか?」

「まぁ、スクショとか撮っておけば保存できるけど……」

「消えた投稿はどこに行くんだろうな」

たぶんしばらくはサーバーとかに残るのかもしれないけど、詳しいことはわからない。

「ストーリーの投稿方法はね」

話題を切り替えてわたしのスマホの画面を見せたら、裏垢《うらあか》のホーム画面のままになっていたことに気付いて慌てて引っ込める。しれっとアカウントを切り替えようとしたのに、成瀬は「電車が好きなのか」と尋ねてきた。

「そ、そうだけど」

わたしの裏垢は撮り鉄アカウントだ。非公開で、フィーリングの合う撮り鉄を三十人ほど承認している。表のアイコンは自分の顔写真をもとにＡＩで作成したイラストだけど、裏のアイコンは二年前に湖西線を引退した113系の写真だ。

わたしが鉄道好きであることは家族にも友達にも言っていない。友達と遊んでくると言って家を出るとき、四回に一回は一人で鉄道写真を撮りにいっている。

成瀬がぜひ見せてほしいというので、スマホを渡した。

「へぇ、すごいじゃないか。一眼レフで撮るのか？」

「いや、スマホで撮ってる」

本当は一眼レフで撮ってみたい。たぶん親に言ったら買ってもらえるんだろうけど、なんとなく切り出しにくい。だから、映《ば》える鉄道写真をスマホで撮る方法を片っ端から調べて研究した。

つい最近まで桜が咲いてたから、川口公園から見た京阪石坂線とか、瀬田川橋梁《せたがわきょうりょう》を走るJR琵琶湖線をたくさん撮った。画面がピンクっぽくて、気分が上がる。

「前に教えてもらったアカウントと投稿が違うようだが」

「これは裏垢っていって、いつも使ってない方のアカウントなの。インスタはいくつもアカウントを作れるんだよ」

成瀬は「ほう」と興味深そうに聞いている。

「しかし電車の写真とアカウントを分ける必要はないのではないか」

「だって、イメージと違うでしょ」

高校生の頃、一度だけ貨物列車をガチで撮って解説つきでアップしたら、「かれんチャンが鉄道に詳しいなんて意外」とか「実は撮り鉄だったり？」という具合に、いつもの二倍ぐらいコメントが付いた。いつものぬるいコメント群とは違って、妙な熱を帯びていた。怖くなったわたしは、鉄道写真だけをアップする裏垢を開設したのだった。

「イメージと違うことはやっちゃいけないのか？」

成瀬は驚いたように尋ねる。そんなことを訊かれるのははじめてで、考えたこともなかった。たしかにわたしはどうしてあのコメントを怖いと思ったんだろう。実は撮り鉄でーすって開き直ることもできたのに。

「うーん。やっちゃいけないわけじゃないけど、わたしはやりたくないっていうか」

成瀬は少し考えて、「たしかに、自分で作ってきたイメージを守ることも大事だな」と納得した様子だった。

「それではわたしも投稿してみよう」

成瀬がポチポチと投稿作業をはじめたので、わたしは背もたれに体を預けてコメント返信をする。中学生の頃にはじめたメインのアカウントはフォロワー五千人。出かけた先の景色とか、食べたものを撮影してアップしている。四季折々の琵琶湖の写真も好評だ。わたしが住んでる坂本は歴史豊かな町だから、日本史の知識を入れるとウケがいい。観光大使には歴史の知識も必要だって言われて、小さい頃から大河ドラマを見てきたから大まかな流れは身についている。大学入試も英語と日本史がそこそこ得意だったおかげで合格できたようなものだ。

さっき投稿した写真には「いってらっしゃ〜い」とか「がんばってね！」といったゆるいコメントが付いている。知り合いのアカウントを中心に、「楽しんでくるね〜」などと適当に返信した。

　タイムラインに戻ったら、成瀬の投稿が上がっていた。車窓からのブレブレの景色が画面に現れる。

「瀬をはやみ〜の成瀬あかりでございます。本日はびわ湖大津観光大使として初の活動となります。現在は敦賀駅より北陸新幹線つるぎにて金沢駅を目指しているところです。金沢といえば石川県の県庁所在地であり、加賀百万石の歴史があることでも有名でございます。我々はびわ湖大津の代表として、恥ずかしくないPRを行う所存です。この投稿をご覧になっている金沢近辺の方につきましては是非本日の十七時までに金沢駅コンコースにお越し下さい。びわ湖大津観光大使のたすきをつけて篠原かれん氏とお待ちしております。 #金沢駅 #びわ湖大津観光大使 #びわ湖大津観光協会 #大津市」

　わたしは思わず「すげえな」とつぶやいていた。冒頭の「瀬をはやみ〜」はわたしの「あさぼらけ〜」を参考にしたのだろう。別に百人一首っぽくする必要はないし、そもそも挨拶自体なくてもいいんだけど。

　それにしてもこの独特なリズムはインパクト絶大で、おじさん構文ならぬ成瀬構文として流行りそうだ。画像をダブルタップして「いいね」をつけると、成瀬が困った様子で「赤い丸が出てきたのだが」と報告してきた。

「わたしが成瀬の投稿にいいねをしたんだよ」

「いいねと思ったということか?」

　よくよく考えてみれば、深く吟味《ぎんみ》して「いいね」をつけたことはない。それでも一応うなずくと、成瀬は「それは光栄だ」とうれしそうだった。

成瀬の投稿にはたくさんツッコミどころがあるけれど、わたしは指導するような立場じゃない。むしろ重要なのはオリジナリティだし、これはこれでたぶんアリ。

「そういえば大学はじまったでしょ？　友達できた？」

四月は大学生活のスタートとして、言うまでもなく重要な時期である。わたしは二回生になった今も、ほぼ一回生のときから仲の良いメンバーでつるんでいる。

「何人か話をするような相手はいるが、友達と呼んで良いものかどうか」

薄々気付いてはいたが、成瀬のような性格ではなかなか友達もできないだろう。なんだかかわいそうになってきた。

「大丈夫、わたしも成瀬の友達だよ」

広い意味では友達に含めてもおかしくない。わたしが心を込めて言うと、成瀬は腕組みをしてなにやら考えはじめた。

「わたしは篠原のことを同僚だと思っていたのだが……篠原が友達と言うなら友達なのかもしれない」

ややこしいやつだ。しかし友達の話題を出したわたしにも責任がある。わたしは口を閉じてインスタのチェックに勤しんだ。

おいでやすびわ湖滋賀フェアにはわたしたち大津市をはじめ、野洲《やす》市、近江八幡《おうみはちまん》市、彦根《ひこね》市、長浜《ながはま》市、高島《たかしま》市がブースを出していた。それぞれが長机ひとつ分のスペースで名産品を販売して、パンフレットを配っているものの、たいていの人はスルーする。駅は通過点だし、荷物を増やそうとする人はそういないだろう。

その中で躍進《やくしん》しているのは彦根市だった。ひこにゃんというご当地キャラ界の絶対王者をブース全体にあしらっており、パンフレット袋にもひこにゃんのイラストが入っている。グッズを買わないまでも「ひこにゃんだ！」と指さす人は多い。

わたしたち大津市のご当地キャラはおおつ光《ひか》ルくんだ。とぼけた表情で着物を着ている男の子。石山寺《いしやまでら》に住んでいて、かるたや和歌を詠むのが得意。見ようによってはそれなりにかわいいけど、知名度はひこにゃんに大きく水をあけられている。

成瀬も懸命にパンフレットを差し出すが、受け取る人のほうが稀《まれ》だ。藤野さんは他市の観光協会職員と談笑していて、米田さんは「なかなか厳しいねぇ」と笑っている。わたしもただ笑顔を浮かべて立っていることしかできない。

あれ？　わたしって、こんなことのために観光大使になったんだっけ？

わたしが大事にしてきたイメージは、いつもニコニコ朗《ほが》らかに、まわりの人から愛される観光大使。だけど今のわたしはただ立っているだけで、だれも寄ってこない。

「このままではいけない。作戦を変えよう」

成瀬はどこからともなくけん玉を取り出すと、玉を高速で回しはじめた。その異様なオーラに、足を止める人が出てくる。成瀬はタイミングを見計らってけん先に玉を収めたかと思うと、今度は玉を持ってけんを回す。モノトーンの衣装でけん玉パフォーマンスを行うびわ湖大津観光大使。こんなに映《ば》える光景、そうそうない。わたしはあわててスマホを取り出し、動画を撮りはじめた。

　立ち止まった通行人が人垣になるのはあっという間だった。一番前にいる三歳ぐらいの男の子なんて口をぽかんと開けている。わたしも気を抜いたらあんな顔になりそう。

　最後に成瀬はけん先に玉を刺し、右手を天高く掲げてポーズを取った。その姿はまるで自由の女神のようだった。

　一瞬の静寂の後、金沢駅コンコースに拍手が響く。

「大津市には近江神宮やミシガンクルーズといった見どころがある。ぜひ一度遊びに来てほしい」

　成瀬はかがんで子どもと視線を合わせ、パンフレットを手渡した。

「よろしければこちらの商品もご覧くださーい」

　米田さんが声を上げて大津市の物販ブースに注意を引き付けた。藤野さんもあわてて持ち場に戻り、「そちらは琵琶湖で養殖した真珠です」と解説をはじめる。

「大津駅は京都駅から在来線でわずか九分で着く」

「へぇ、そんなに近いんですね」

　成瀬はパネルを指さして地域情報を提供し、藤野さんと米田さんは商品に興味を持ってくれたお客さんの対応をしている。それに引き換え、受け取ってもらえないパンフレットを差し出し続けるわたしときたら！　撮り鉄スポットだったらいっぱい知ってるんだけど、そんな情報を求めている人なんているだろうか。

　視線をさまよわせていたら、険しい表情で周辺案内の地図を見ている外国人の男女が目に入った。観光大使の持ち場じゃないけれど、これは人の役に立つための千載一遇《せんざいいちぐう》のチャンスだ。わたしは駆け寄って、"May I help you?"と話しかけた。
"Ho perso la strada."
——やってしまった。何語かすらもわからない。でもたぶん道に迷ったとかそんなとこだろう。固有名詞がわかればなんとかなるかもしれない。
"Where are you going?"
わたしはジェスチャーを交えて、英語でどこへ行きたいのか尋ねた。
"Oumicho-ichiba"
わたしはさらに青くなる。勢いで訊いてみたものの、金沢のことなんて何も知らない。なぜか「オーミー」って聞こえた気がするけど、オーミー大津テラスは大津にあるお店だから関係ないよね？　わたしがパニックになりかけていたら、いつのまにか成瀬がそばにいた。
「近江町市場までは、この太い道を道なりに行けばいい。十五分ぐらいで着く」
まさかの日本語である。成瀬が「この道だ」と指で地図をなぞると、なぜか不思議と通じているようで、二人はうなずきながら聞いている。
"Grazie"
「礼には及ばない。よい旅を」
男女は笑顔で手を振って去っていった。成瀬も手を振り、大津市のブースに戻っていく。
取り残されたわたしは気持ちの整理がつかなくて、ブースに背を向け駅を出た。
インスタで幾度となく見た金沢駅の大きな門。気付けばわたしは右手にスマホを握り、映《ば》える角度を探りながら何度もシャッターボタンをタップしていた。今のわたしにはインスタに投稿することぐらいしかできない。

「びわ湖大津観光大使の篠原かれんです。きょうは金沢駅のおいでやすびわ湖滋賀フェアに来ています！　もうひとりの観光大使、成瀬あかりさんは得意のけん玉でびわ湖大津観光をアピール。金沢の皆さまに大津観光の魅力を伝えてまいります。お近くにお住まいの方はぜひお越し下さい！　#金沢駅　#おいでやすびわ湖滋賀フェア　#びわ湖大津観光大使　#びわ湖大津観光協会　#大津市」

先代のびわ湖大津観光大使から引き継いだ公式アカウントに、金沢駅の写真と成瀬のけん玉動画をアップした。


「ただいまー」

イベント終了後に打ち上げをして、家に着いたのは夜の九時過ぎだった。成瀬は毎晩九時には寝るそうで、帰りの車内で「もう眠くなってきたが、今寝ると就寝に差し障る」と訴えながら『ファインマン物理学』を読んでいた。

「おかえりー」

お父さんはいつもと変わらない様子だけど、お母さんはスマホを持って少し不満げな顔をしている。

「インスタ見たんだけど、なんでかれんが写ってなかったの？」

えっ、初仕事を終えて帰ってきたわたしに言うことがそれ？　もはや悲しいとかムカつくとかを通り越してびっくりした。観光大使になってからもあれこれ口出しされるとは思ってなかった。

「わたしが撮影したからだよ」

「あれじゃかれんが目立たないじゃない」

たしかにわたしも成瀬にいいところを持っていかれちゃったって思ったけど、あの状況じゃしかたない。

「今度からはちゃんとかれんも写るようにしなさい」

反論する気力も湧かなくて、わたしは「はーい」と適当に返事しておいた。

お風呂から出ると、髪を乾かしてすぐベッドに横になった。ほぼ立ちっぱなしだったから足がパンパン。それでいて体全体は疲れていなくて、へんな感じ。成瀬にメッセージのひとつも送ってみたくなったけれど、もう寝てるだろうからやめておいた。


ゴールデンウィークには毎年双方の祖父母とおごと温泉に泊まりに行く。客室に備え付けの露天風呂に浸かりながら、琵琶湖をながめるのが好きだ。中学や高校のときは家族旅行なんてダサいって思われそうだからまわりには黙っていたけど、わたしは温泉が好きだから結構楽しみにしてる。

わたしにとってナゾなのは東京からわざわざ帰ってきて家族旅行に参加するお兄ちゃんのことだ。きっとおじいちゃんとお父さんはお兄ちゃんも三代連続の市議会議員にさせたいんだろうけど、お兄ちゃんは小さい頃から物静かで考えが読めない。今だって東京の大学で機械工学を勉強していて、大津市政には興味がなさそうだ。仮に立候補するとして、お兄ちゃんもお父さんみたいに大きな声でしゃべったりとかできるのだろうか。

夕食の席では、景子おばあちゃんが健康診断で要経過観察になったという話が飛び出した。わたしは「それって大丈夫なの？」って思ったけど、ほかの大人たちはなぜか笑って「年を取ればそういうこともある」みたいな感じだった。

「かれんが観光大使になってくれたし、もう成仏できるわ」

あれ、わたしって、この先何を目指して生きていけばいいんだろう？　景子おばあちゃんが笑いながら言うのを見ていたら、露天風呂で温まった身体が一気に冷えるような疑問が湧いてきた。

わたしだって将来のことをまったく考えてなかったわけじゃない。大学を卒業したら、とりあえずどこかの企業に就職するんだろうって思ってた。でも、「観光大使になる」みたいな明確な目標がない。もしかしたら、わたしももう成仏できる状態なのかもしれない。

「何言ってるの、四代目観光大使が生まれるまでまだ生きなきゃ」

今度は父方の春江《はるえ》おばあちゃんの一言がわたしに突き刺さる。つまり、わたしも女の子を産んで観光大使に仕立て上げるってこと？　それってわたしの人生じゃなくない？

四代目観光大使の話題で盛り上がる大人たちを前に、豚の角煮の味がしない。角煮はこの旅館の名物料理で、柔らかく煮込まれたお肉とマッシュポテトの組み合わせが最高なのに。お兄ちゃんだけは相変わらず何を考えているかわからない顔で角煮を食べている。

「観光大使の中でも目立つように、小さい頃から一芸を身につけさせるといいかもね」

「それはいいね」

お母さんの発言に、お父さんが同意する。わたしはもう失敗作扱いされているのだろうか。いや、きっと何気なく言っただけだと自分に言い聞かせる。

「ちょっと、勝手に盛り上がらないでよね〜」

あくまで怒ってませんよってトーンで言えば、みんなの笑顔が広がる。ここでキレたって無駄だから。そしたらお兄ちゃんが突然口に手を当てて、部屋を飛び出していった。

「裕介、どうしたんだろう?」

「食べ過ぎかな?」

「そういえば昔、裕介が小さい頃に……」

そこからは何百回と聞いたおじいちゃんの武勇伝に移る。東京から来た有名な国会議員に議論をふっかけて勝ったとかなんとか。その場にお兄ちゃんもいて、小さいのに真剣に聞いていたという理由で、「裕介が小さい頃の話」にカテゴライズされている。

わたしって、この家族の中でずっと同じ話を聞かされながら、結婚して、子どもを産んで、観光大使にするサイクルに組み込まれていくのかな。テーブルに並んだごちそうをぼんやりながめながら、それって寂しいなって思う。

さっき部屋を飛び出したお兄ちゃんは素知らぬ顔で戻ってきて、食事を再開した。わたしから話が逸れたのはありがたかったけど、相変わらず行動がナゾである。もしかしてあれはお兄ちゃんなりの助け舟だったのだろうか。でもまぁお兄ちゃんがわたしのことを助ける理由なんてないし、たまたまかもしれない。

家族の愚痴は友達としゃべって発散しているわたしでも、今回のあれこれはちょっと笑い話にできなかった。

だいたい、「親が観光大使になれってうるさくて」という鉄板ネタも、たいていは「なにそれー」って笑われてたけど、話す相手によっては「それってヤバくない？」みたいな反応になるから取り扱い注意だった。

家が病院だから医学部に入らないとならないって嘆いてた子がいたけど、それとは似ているようで違う。だって一生ものの医師免許と違って、観光大使のたすきなんて一年だけだから。

成瀬も将来について悩んだりするんだろうか。ミシガンの前でポーズを取る成瀬を見ながらぼんやり思う。

今日は観光協会のパンフレットに使う写真撮影のために大津港に来ている。夏用の私服で来てくださいって言われて自分のことより成瀬のことを心配しちゃったけど、生成《きな》りのリネンワンピースに麦わら帽子で、ちゃんと夏らしいコーディネートだった。

「成瀬は将来何になるの？」

休憩時間中、わたしがアイスカフェラテを飲みながら何気なく尋ねると、成瀬はホットのほうじ茶を一口飲んで眉をひそめた。

「前に近所の小学生にも同じことを訊かれたのだが、なぜ他人がわたしの将来に関心を持つのだろうか」

責められているようにも聞こえるが、たぶん成瀬はふつうに疑問に思っただけだろう。だんだん成瀬に慣れてきた。

「わたしは観光大使になるのが小さい頃からの目標だったから、この先何を目指して生きたらいいのかわかんなくなっちゃったの。成瀬はどう？」

「うーん、わたしは次から次にやりたいことを思いついて困っているタイプだ。最近はフレンドマートでアルバイトをはじめた」

「京大生なのに？」

思わず頭に浮かんだことを口に出したら、成瀬は不可解そうな表情を浮かべた。

「京大生がフレンドマートでアルバイトをしたら変なのか？」

「いや、京大生は家庭教師とか塾講師とかやってるイメージだったから」

「そうか？　少なくともわたしは人に教える仕事はできない。問題を見たら一瞬で答えがわかってしまうからな」

「すごっ」

わたしはあんまり勉強が得意じゃないけど、成瀬みたいになりたいかっていうと全然なりたくない。でも、やりたいことが多いのはうらやましいかもしれない。

「しかし篠原もたいしたものだ。三代連続で観光大使になるというのはそうそう実現できるものではないだろう。そこはもっと自信を持っていいんじゃないか」

成瀬がこんな気の利いたことを言えるなんて、ちょっとびっくりした。成瀬に言われたら本当に自分がたいしたものであるように思えてくる。

「趣味の鉄道写真を極めるのはどうだ？」

「電車はあくまで裏だからなぁ」

鉄道写真は裏でやるからいいのであって、表の篠原かれんでは押し出したくない感じがする。

「そもそも今は大学生なのだから、勉強に打ち込んだらいいのではないか？　わたしは最近、線形代数学の授業でケイリー・ハミルトンの定理を習って感銘を受けた」

成瀬が華麗な正論を打ち返してきた。

「勉強ねぇ」

わたしの反応が芳《かんば》しくないのを感じ取ったのか、成瀬は「それなら日本一の観光大使を目指すのはどうだろうか」と新たな提案を持ち出してきた。

「えっ、よくわかんないけどすごそう」

わたしはスマホで「観光大使　日本一」と検索した。日本一の観光大使がいるなら、その顔を拝んでみたいと思ったのだ。ところが先頭に表示されたページには、「観光大使日本一を決定！　観光大使‐1《ワン》グランプリ２０２５開催決定！」と書かれている。わたしは思わず「なにこれ⁉」と叫んでいた。

「どうしたんだ」

「観光大使‐1グランプリっていうのがあるんだって！」

成瀬がわたしのスマホを覗き込む。

「それは初耳だ」

募集要項を確認すると、観光大使‐1グランプリは今年がはじめての開催で、現役の観光大使ならだれでも応募できると書いてあった。まずは動画によるWeb予選で絞られて、七月に行われる二次予選で全国大会へ進む大使が決まるという。

「成瀬も出るよね？」

こういうのは勢いが大事だ。

「もちろんだ」

うなずく成瀬が頼もしい。

そうとなれば、まずは動画撮影だ。三分以内の動画で、観光大使の自己PRと、観光大使を務めるエリアの観光PRを行う。琵琶湖という代えがたいスポットがある時点でわたしたちは有利だけど、それにかまけちゃいけない。いかに琵琶湖を映《ば》えさせるか、わたしたちの腕の見せどころだ。

藤野さんと米田さんにも観光大使‐1グランプリのことを話したら、すごく乗り気になってくれた。

「興味のない人にとって三分は長いから、ちゃんと筋書きがあったほうがいいよ」

特に燃えていたのは米田さんで、わたしたちが特技のインスタとけん玉を活かして琵琶湖の宝をさがすシナリオを考えてくれた。

米田さんは大学時代、友達とYouTubeにチャレンジ系の動画を投稿していて、そこそこバズったことがあるらしい。しかし職業にするほどには売れておらず、大学卒業とともに解散したという。今でも観光協会公式チャンネルの動画制作は米田さんが担当しているそうで、アップロードされている動画を見返してみたら、たしかに数年前からクオリティが上がっていた。

米田さんの話を聞いていたら、どの大人にもその人の歴史があるんだって思った。観光大使になるために生きてきたことや、無事に観光大使になったことも、すでにわたしの歴史になっている。この先、明確な目標がなくても生きてるだけで歴史は作られていくし、あんまり心配しなくていいのかもしれないって、ちょっと前向きになれた。


動画がWeb予選を通過したときは、わたしたち以上に米田さんが喜んでいた。インスタで「#観光大使1グランプリ2025」を検索すると、全国各地の観光大使が予選を通過したとかしないとか投稿している。「なんだかんだ全員通過してるんじゃないの？」って思ってたから、通過しなかったという投稿を見るとうれしかった。

「観光大使-1グランプリの一次予選を通過したんだよ」

お母さんにも観光大使-1グランプリのことを説明した。わたしと成瀬は予選通過者として、公式サイトに写真が載っている。

「へぇ、すごいじゃない」

もっと喜んでくれるかと思ったのに、さらっとした反応だった。目立つように言われてたのに、お母さんが望んでたのはこういう目立ち方じゃないのかな。でも反対はされていないし、次の選考も突破したら喜んでくれるかもしれない。

二次予選は近畿ブロック予選で、会場は京都の国際会館だ。ここで二十組から二組に絞られる。選考方法は、観光キャンペーンのロールプレイング。変な人が来たり、外国人が来たりしたときの対応を見られるんだろう。

このまえ成瀬が金沢で見せた日本語パワープレイはたぶん観光大使-1グランプリでは通用しない。そもそもあの独特な口調はもう少しマイルドにしたほうがいい。

わたしたちは島《しま》の関《せき》のロイヤルホストで作戦会議をすることにした。

「成瀬って、ですます調でしゃべれるの？」

「はい、その気になれば話せます」

いつもの成瀬と様子が違いすぎて笑ってしまった。個性を殺しちゃう気もしたけれど、観光大使のマナーとして敬語じゃないのはまずいだろう。大津市の観光情報を丁寧語でペラペラしゃべる成瀬は、普段無口なのにカメレースの実況のときだけ饒舌《じょうぜつ》になる飼育員みたいだった。

「ところで、篠原は何がきっかけで鉄道を好きになったんだ」

窓から見える京阪石坂線をながめていたら、成瀬が尋ねてきた。

「小さいときから電車に乗るのが好きだったんだよね。わたしって観光大使になるために車で滋賀県内の観光地ばっかり連れていかれてたから、電車に乗るってことは、遠くに行けるってことだったの」

だからわたしは結構大きくなるまで、京都が大津の隣にあることを知らなかった。こんな話、誰にもしたことがない。成瀬は興味深そうにうなずきながら聞いてくれる。

「高校生になって石坂線で通うようになって、電車って、こんな気軽に乗ることもできるんだって意識が変わったんだよね。しかも石坂線ってラッピング電車があるでしょ？　毎回どの電車が来るか楽しみで、写真を撮りはじめたの。そのうちにＪＲの電車にも興味が出てきて、写真を撮ってるうちにガチになってきちゃって、裏垢を作ったって流れ」

成瀬は思わせぶりに水を飲んで、口をひらいた。

「それは十分に生きる目的だと思うのだが」

成瀬の言いたいこともわかるけど、やっぱり鉄道は裏に置いておきたい。わたしにとって、みんなの前では表の篠原かれんでいるほうが楽だから。


いよいよ迎えた観光大使－１グランプリ近畿ブロック予選当日の朝。わたしが観光大使の衣装をバッグに詰めていると、景子おばあちゃんがやってきた。応援に来てくれたのかと思ったら、Ａ４サイズの白い封筒をお母さんに手渡している。

「なにそれ？」

「かれんのお見合い相手だよ」

わたしは素で「はぁ？」と言っていた。小学生の頃にそんな言い方やめなさいって注意されて以来、家では隠してきた言い方だ。だけどおばあちゃんもお母さんも何も言わないでリビングのソファに座る。

お母さんは封筒からお見合い写真を取り出して広げた。

「へぇ、いいじゃない」

たしかにイケメンだなってちょっと思っちゃったけど、全然よくない。

わたしは気付いた。お母さんたちは次世代の観光大使育成に向けて、本気で動きはじめている。だから観光大使－１グランプリにも関心が薄かったのだ。

実際、おばあちゃんもお母さんも観光大使だった頃に身の振り方を考えたのだろう。良縁に恵まれて観光大使を産み育てた人生に満足しているのかもしれないけれど、わたしはそんなふうに生きたくない。

だって、そんな人生、全然映《ば》えない！

「なんでお母さんたちにわたしの人生勝手に決められなきゃいけないわけ？」

思った以上に大きな声が出た。わたしが怒ると思ってなかったみたいで、おばあちゃんもお母さんもぽかんと口を開けてこっちを見ている。

「えっ、だって、素直に観光大使になったじゃない」

「それはわたしが子どもだったからだよ！　これ以上わたしの人生決められたくない」

二人は顔を見合わせる。

「まぁ、一度会ってみなさいよ」

おばあちゃんは穏やかな口調で言う。

「そうそう。わたしもお父さんとはお見合いだったけど、こうしてなんとかやってるし、意外と意気投合するかもよ」

お母さんも、わたしの怒りに全然堪《こた》えてないみたい。

「うるせえ！」

わたしはバッグをつかんで家を飛び出した。なんでわたしはこんな家に生まれちゃったんだろう。たとえ日本一の観光大使になったって、今度は娘も日本一の観光大使にしろとか言われそう。大会へのモチベーションが一気に萎《しぼ》んでいくけれど、動画制作に協力してくれた米田さんや、国際会館で待っている成瀬のことを思ったら今さら棄権できない。

風がわたしの髪をばさばさ揺らす。そういえば台風が近付いてるって言っていた。駅まで早足で歩き、ＩＣＯＣＡをタッチして改札を抜ける。電車の発車時刻まではあと三分。ほっと一息ついてバッグを探ると……スマホが入っていなかった。

篠原かれん、一生の不覚。

次の湖西線では集合時刻に間に合わない。喧嘩して出てきた手前、お母さんに持ってきてもらうのもムリだ。それにしてもこんな日に忘れるなんてことある？　会場までの行き方はわかるけど、スマホなしで過ごしたことなんてないから不安でたまらない。とりあえず電車に乗り込んで、空いている席に座った。

電車の中で何もすることがないから、車窓の景色をながめるしかない。仮に珍しい景色が見られたとしても、今のわたしは撮影できないんだけど。

唐崎《からさき》駅を過ぎたところで、突然電車が止まった。

「架線に支障物が付着したため、一時停止しております。お急ぎのお客様には大変ご迷惑をおかけしますが、今しばらくお待ちください」

「はぁ？」

思いがけず大きな声が出てしまって、隣に座っているおばちゃんがこっちを見た気配があった。よりによってどうして今なんだろう。わたしの人生すべて終わった気さえする。

そんなこと言っておいてすぐ動き出すんじゃないかという期待を裏切るように、電車はなかなか動かない。スマホがないから時間を確認できなくて、十分にも一時間にも感じる。電車のアナウンスはずっと同じようなことをもにゃもにゃ言ってるだけだ。

嘆いてるばかりじゃいけない。わたしは目を閉じて深呼吸する。まずはこの窮地をどうにかして成瀬に伝えないと。

隣のおばちゃんはガラケーで「ごめんけど、電車止まってもうて」と堂々と通話している。車内での通話はご遠慮くださいって言われてるけど、非常事態だしやむを得ない。そんなわたしの頭に、真新しいiPhoneを見せて電話のかけ方を教えてほしいと言ってきた成瀬の顔が思い浮かんだ。

そうだ、コンビーフはうまい！

「すみません、スマホを忘れてしまって、連絡ができないんです。通話代は払いますので、お電話貸していただけませんか？」

通話を終えたおばちゃんに、できる限りの低姿勢で話しかける。おばちゃんは「お金なんてええよ」と気前よくガラケーを貸してくれた。

コンビーフはうまい。わたしは成瀬から聞いた語呂合わせのとおりにガラケーのボタンをポチポチ押していく。おもちゃの携帯電話みたいで、ちょっと不安だ。

通話ボタンを押してガラケーを耳に当てたら、「この番号は現在使われておりません」とアナウンスが流れる。

完全に終わった！

　わたしが呆然と画面を見ているると、おばちゃんが覗き込んで「077からかけなあかんのちゃう?」と超有用なアドバイスをくれた。そうだ、固定電話の番号を入力することなんてめったにないから、市外局番の存在を忘れていたのだ。

　ちゃんと077からボタンを押すと、呼び出し音が聞こえてきた。

「はい、成瀬です」

　ちょっと暗めの女性の声。間違いなく成瀬のお母さんだ。

「わたしは、あかりさんと一緒に観光大使をやっている篠原かれんです。今日、観光大使のイベントがあるのですが、スマホを忘れたうえに、電車が止まってしまいました。あかりさんに、わたしが遅れることをお伝えいただけますでしょうか」

　成瀬のお母さんらしき人物は「わかりました。伝えておきます」と簡潔に言って電話を切った。やっぱり成瀬と似てる。

「すみません、助かりました。ありがとうございます」

　おばちゃんに電話を返したところで、電車がのろのろ動きはじめた。遅刻で失格になったとしたら、成瀬になんて言って謝ろう。

　その後も徐行運転で、国際会館に着いたのは集合時刻から三十分後だった。エントランスを入ったところに成瀬が立っている。

「母から連絡があった。大変だったな」

　白と黒の衣装を着たいつもどおりの成瀬を見たら、安心して抱きついてしまった。

「こんな日に、遅れてごめんね」

「謝ることはない。主催者には事情を説明してある。出番順を決めるくじは、わたしが念じて最後のほうを引いた。まだ出番までは時間がある」

わたしは成瀬をただの変なやつだと思っていたけれど、この安心感はなんだ。くじの順番を狙って引くことだって、成瀬だったらできる気がしてくる。

衣装に着替えてホールに入ったら、すでに審査が行われていた。ステージ上でどこかの観光大使が、お客さん相手にやさしい笑顔で話しかけている。客席で見ている観光大使はほとんどが若い女子で、みんな同じような髪型。たすきをシャッフルしたら、どこの観光大使かわからなくなりそう。

きっと、どの街でも求められているような観光大使らしい観光大使がグランプリになるんだろう。そんな日本一に意味はある？

そう思った次の瞬間、わたしは隣に座る成瀬に話しかけていた。

「わたし、成瀬に観光大使のしゃべり方を教えたけど、やっぱりやめよう」

「どういうことだ？」

成瀬は表情を変えずにわたしを見る。

「だから、成瀬のいつものしゃべり方でやればいいってこと。観光大使らしくしないほうが、きっと映《ば》える」

「一位になる確率は下がるが、それはいいのか」

「M-1グランプリで優勝しなくても活躍してる芸人さんはたくさんいるでしょ？　それと一緒で、観光大使-1グランプリをとらなくても日本一にはなれる」

成瀬は顎に手を当てて何かを考えている。もしかして、成瀬はグランプリになりたいのかな。だとしたら申し訳ない。

でも、成瀬はそんな枠にはまるような人間じゃないって、わたしは信じてる。

「たしかにそうだな。そうしよう」

本番での成瀬の活躍は期待どおりだった。突然怒鳴りだすおじいさんに対してひるまず正論で言い返し、何語をしゃべっているかわからない外国人に対しては日本語の勢いで伝える。これまでにないパフォーマンスに、客席がざわめいている。わたしは笑顔でその様子を見守りながら、うちの成瀬はすごいでしょって自慢したい気分だった。

そこへ首から一眼レフのカメラをさげた男が出てきて、わたしたちに質問する。

「223系2500番台を撮影したいんですが」

無敵のはずの成瀬が固まった。どうしたんだろうと思ってすぐ、質問の意味がわからないんだと思い当たる。やっとわたしのターンが来た！

「湖西線でしたら、北小松《きたこまつ》駅と近江高島《おうみたかしま》駅の間に人気の撮影スポットがあります」

わたしが進み出て答えると、男の目が泳いだ。それもそのはず、この人は終盤に出てきて

観光大使にマニアックな質問をする役なのだ。前の出番では聞いたことのないチョウやバッタの名前を挙げて、観察できる場所を教えてほしいと尋ねていた。こうやすやすと模範解答が出てくるとは思わなかったのだろう。

審査員の予想の上にいけたことがうれしくてたまらない。わたしはお気に入りの撮影スポットを畳み掛けるように紹介して、出番を終えた。

「観光大使－1グランプリ近畿ブロック予選、通過者は……和歌山白浜《しらはま》パンダ大使と、姫路しらさぎアンバサダーです！」

結果、わたしたちは全国大会には進めなかった。成瀬はメチャクチャだし、わたしは鉄道のことしかわからないのだからしかたない。

通過した二組の大使はステージに上がって盾を受け取っている。あんなのに意味はないとは思ったけど、やっぱりちょっとうらやましい。

「惜しくも予選通過はなりませんでしたが、審査員特別賞があります。審査委員長からどうぞ」

なにわでおまっせ大使はベタベタな大阪弁がハマっていたし、万葉まほろば心の大使は着物で目立っていた。そういうわかりやすい大使が選ばれるんだろう。

「審査員特別賞は……びわ湖大津観光大使です！」

はいはい、びわ湖大津観光大使ね……って、わたしたちのことだ！

「やったぁ」

わたしは思わず声を上げて立ち上がった。隣の席の成瀬は背筋を伸ばして座ったまま微動だにしない。

「すごい、すごいよ、成瀬！」

わたしは成瀬の肩をつかんで揺らした。成瀬は我に返ったように「あぁ」と応えて立ち上がり、ステージに向けて歩き出す。

ステージの上から見た客席には、わたしたちとよく似た観光大使がたくさん座っている。この中で一番特別だと評価してもらえたんだって思ったら、うれしくてうれしくてたまらない。

「おめでとうございます」

わたしが浮かれているうちに、成瀬は落ち着いた動作で賞状を受け取り、客席を向いて片方の端をわたしに持たせた。カメラを持った記者たちが一斉に写真を撮る。

まぶしいフラッシュの中でがんばって目を開けながら、観光大使になってよかったって、初めてちゃんと思った。

「わたし、お見合いしないから」

家に帰ってすぐ、わたしはお母さんに宣言した。

「とりあえず会ってみたらいいでしょ？」

「絶対に断るってわかってるのにお見合いするの、相手にも失礼だよ」

「気に入るかもしれないじゃない」

「わたしが気に入っても相手が気に入らなかったら？　とにかくわたしは行かないから」

帰りの電車で、お見合いさせられそうになっていることを成瀬に相談した。成瀬は「嫌なら断るしかないだろう」の一点張りで、たしかにそうだと思ったのだ。

「ほかにやりたいことあるの？　結婚してからやってもいいじゃない」

「なんで全部わたしが従うと思ってるの？　わたしが自分で決めたいの」

お母さんは「おばあちゃんと相談してみるわ」とため息をついた。

あんまりわかってもらえた気がしないけど、言いたいことを言ったらスッキリした。いざとなったら家出でもなんでもしたらいい。

部屋に戻ってスマホを手に取ったら、お兄ちゃんから二時間前にLINEが来ていた。

「審査員特別賞おめでとう！　湖西線のところ、すごくよかった」

バタバタしていてそれどころじゃなかったけど、今日の近畿ブロック予選はYouTubeで中継されていたのだった。恥ずかしくなりながら「ありがとう」の文字が入ったミッフィーのスタンプを送ると、すぐに既読がついて返信がきた。

「これからは、かれんの好きなことをしてみたら？」

お兄ちゃんがそんなことを言うなんて意外で、ちょっと泣きそうだった。言われてみれば、わたしが好きだと思ってはじめたことって、鉄道写真ぐらいしかないかもしれない。これから好きなことをもっと見つけてみようと思ったら、ワクワクしてきた。

LINEの返信を一通り終えると、画面をインスタに切り替えてタイムラインを遡《さかのぼ》る。いつもと代わり映えのしない投稿が並んでいて、一日ぐらいチェックしなくても平気だと悟る。

そんな中、ひとつだけ輝いている投稿があった。

「瀬をはやみ～の成瀬あかりでございます。本日はびわ湖大津観光大使として、観光大使－1グランプリ近畿ブロック予選に参加してまいりました。予期せぬお客様とのロールプレイングを行い、とっさの対応を審査されるものであります。残念ながらわたしたちびわ湖大津観光大使は全国大会への切符を摑めませんでしたが、審査員特別賞なるものを拝受いたしました。このような賞状をいただき、誠に光栄です。また明日から気持ちを引き締めて、観光大使としての業務にあたっていく所存でございます。 #びわ湖大津観光協会 #大津市 #観光大使1グランプリ2025」

成瀬、あんた最高に映《ば》えてるよ。

わたしが賞状の画像をダブルタップすると、いいねのハートが浮かんで消えた。

探さないでください

膳所駅を出たら青い空が広がっていて、帰ってきたのを実感した。開けたままだったコートのボタンを留めながらときめき坂を下る。滋賀ってこんなに寒かったっけ。もう大晦日《おおみそか》だから病院もお店も閉まっていて、しょっちゅう寄っていたセブンイレブンだけがいつもと変わらず営業している。

レイクフロント大津におの浜メモリアルプレミアレジデンスはすっかりその場に馴染んでいた。成瀬と西武ライオンズのユニフォームを着て西武大津店に通っていた夏は、もう五年も前になる。

そこから五分ほど歩いて、わたしが十八年間住んでいたマンションに着いた。何千回と通ったはずのエントランスがよそよそしくわたしを迎える。顔パスで開けてくれてもよさそうなものなのに、ガラスの扉は固く閉ざされていた。

成瀬の部屋番号を入力して呼び出すと、ピロピロと呼び出し音が鳴る。少しして、機械の向こうとつながる気配があった。

「おはようございます、みゆきです」

名乗っても、何も返事がない。今日わたしが来ることは成瀬のお母さんにちゃんと伝えておいたはずなのだが。どうしたものかと思っていると、お母さんの声で「どうぞ」とだけ応答があって、エントランスが開いた。

成瀬のお母さんの反応が薄いのはいつものことだけど、どうも様子がおかしい。いまいち状況が飲み込めないままエレベーターを上がり、成瀬の家のインターフォンを押すと、お母さんが淡い笑顔を浮かべて出てきた。

「ごめんね、みゆきちゃん。ちょっといろいろあって……」

どうやら成瀬が何かしでかしたらしい。

「とりあえず、上がってくれる？」

ダイニングテーブルではパジャマを着たお父さんが頭を抱えて座っていた。

「あかりがね、この書き置きを残して消えたの」

お母さんが差し出した紙には、筆ペンで「探さないでください　あかり」と書かれている。古いマンガとかドラマで見たことがあるやつだ。わたしは思わず笑いそうになったけど、心配しているお父さんの手前、笑うわけにもいかない。

成瀬だってスマホを持っているし、連絡がつかないわけではないだろう。そう思ったのも束の間、お母さんが衝撃の事実を告げる。

「しかもスマホも置いていっちゃって」

お母さんは紺色のスマホケースをわたしに見せた。サラリーマンのおじさんが持っているような、無地の手帳型だ。わざと置いていったのか、ふつうに忘れていったのか、判別がつかない。

「わたしが七時過ぎに起きたときにはもういなくなってて、テーブルにこれが置いてあったの。この人はさっき起きてきたところ。わたしはそのうち帰ってくるから心配しなくていいと思うんだけど……。みゆきちゃんには悪いことしちゃったね」

わたしは成瀬に予告せず、サプライズのつもりで東京からやって来た。成瀬のお母さんにはわたしの母を通じて事前に連絡し、大晦日には一家で在宅していること、成瀬の家に一晩泊めてもらえることを確認してあった。「美貴子ちゃんによろしくね」と送り出してくれた母も、まさかこんな事態になるとは想像していなかっただろう。

「いや、心配するよ。もしあかりが自殺でも考えていたとしたら……」

お父さんの発言に、前歯と唇の間ぐらいまで「何言ってんの？」という言葉が出かかっていたが、どうにかこらえた。二百歳まで生きるつもりの成瀬が自殺を考えることなどあるだろうか。お父さんは大学入試のときも成瀬が京都で一人暮らしをすると勘違いしていたし、娘のことをよくわかっていないようだ。お母さんの表情をうかがうと、わたしと同様「それはない」と言いたげだった。

しかし、わたしも成瀬と頻繁に会っているわけではないから最近の様子はわからない。最後に会ったのは十月、成瀬が東京に来たときだ。そのときはびわ湖大津観光大使の仕事で来ていたから、あまり話ができなかった。

その前に会った八月のときめき夏祭りのときには、ネタ合わせも含めていろいろと話をした。大学で出会った人の話とか、フレンドマートのバイトの話とか。成瀬はいつもの調子で淡々としゃべっていて、去年と変わりなかった。

それ以外にもLINEでやり取りはしていたものの、成瀬のすべてを知っているわけではない。さすがに自殺は考えていないにしても、近くで見ていた家族だけがわかることもあるだろう。

「お父さんは何か心当たりがあるんですか？」

「心当たりはない。ないからこそ不安なんだ」

言わんとすることはわかる。近所だったらこんな書き置きはしないだろうし、両親に言えないようなところに出かけている可能性が高い。

「何か大事なものがなくなっているとか、ありました？」

「これといって変わったところはなさそうだけど……。一応部屋を見てみる？」

勝手に部屋に入るのは申し訳ないが、今は緊急事態である。成瀬の部屋は中学時代からレイアウトが変わっていなかった。

「昔、ここにけん玉並べてましたよね」

本棚の上から二段目に赤玉のけん玉と青玉のけん玉、プラスチックのスケルトンみたいなけん玉、一回り小さいけん玉が整列していたのを思い出す。

「ほんまや、けん玉がなくなってる」

お母さんが口に手を当てた。

「たぶんおとといぐらいに部屋に入ったときはあったのよ。そういえば観光大使の衣装もここにかけてあったはずなんだけど……」

観光大使の衣装とけん玉。こんな暮れに観光イベントがあるのだろうか。机に置かれた卓上カレンダーには大学の予定やバイトのシフトが書き込まれているが、十二月三十一日には何も書かれていない。

「みゆきちゃんにサプライズで来たいって言われたとき、大晦日に用事がないかそれとなく訊いてみたんだけど、そのときには何もないって言ってたの」

「あぁ、別にわたしのことは気にしないでください。あかりちゃんの行動が予測不能なのはわたしもよく知ってますから」

お母さんは「そうよね」と納得したようにうなずいた。

「でも、観光大使の衣装がないってことは、もう一人の観光大使の人が何か知ってるかもしれません。連絡先ってわかりますか？」

「連絡先はわからないけど、篠原かれんって子で……インスタやってるはず」

わたしはスマホでインスタを開く。びわ湖大津観光大使の公式アカウントはフォローしているけれど、ここにダイレクトメッセージを送ったところで見てもらえるかわからない。篠原かれんで検索しても、本名ではヒットしなかった。

成瀬のアカウントがフォローしているアカウントをチェックしたら、karenという名のアカウントがあった。琵琶湖の写真がたくさん上がっていて、このあたりの人間であることがわかる。投稿を遡ると、成瀬が観光イベントで来ていた東京日本橋のアンテナショップ、「ここ滋賀」の写真が見えた。

「あさぼらけ☆おはかれ〜！　きょうは観光大使のイベントで東京に来ています。日本橋の『ここ滋賀』では東京にいながら滋賀名物が買えるんですよ。わたしのおすすめは赤こんにゃく！　すでに味がついた状態でパック詰めされているので、おつまみやおかずに最適です。ぜひご賞味ください！　#びわ湖大津観光大使　#ここ滋賀　#赤こんにゃく」

これは本人で間違いない。わたしは自分のアカウントから、「島崎みゆきと申します。成瀬あかりさんのことでお尋ねしたいことがあります。よろしければ返信お願いします」とメッセージリクエストを送信した。

リビングに戻ると、お父さんが着替えを済ませて立ち上がっていた。

「今からあかりを探しにいく」

「えぇっ」

この少ない手がかりで一体どこに向かうつもりなのか。

「そうね。家にいても落ち着かないだろうし、行ってきたら？」

お母さんはいたって冷静だ。娘の言うこともこの調子で受け入れてきたのだろう。あしらい方に熟練を感じる。

「わたしも行きます」

お父さんはどうにも危なっかしくて、任せられない。成瀬の行動パターンが読めないのはお互い様だが、ゼゼカラの相方であるわたしも多少は役に立つだろう。

「わたしは家にいて何かあったら連絡するね。一応、みゆきちゃんのＬＩＮＥ教えてもらってもいい？　この人、ＬＩＮＥ送っても見ないから」

わたしはお母さんとＬＩＮＥの連絡先を交換して家を出た。

いざ冒険のはじまりだと勇ましくエレベーターを降り、エントランスを出たものの、いきなり手詰まり感が出た。右に進むか左に進むかすらわからない。

「さて、どうしましょう」

わたしが助けになればと思っていたけれど、相手はあまり話したこともないようなおじさんである。どれぐらいの距離感で接したらいいのだろう。

「まずはバイト先に行ってみる？　きのうも出勤してたんだよ」

成瀬はオーミー大津テラスの一階にあるフレンドマートでレジ打ちのバイトをしている。基本無表情の成瀬が接客なんてできるんだろうかと疑問だったが、クビにならずに続いているらしい。

フレンドマートに向かって湖岸道路に出ると、薄いピンクのダウンジャケットに赤い腕章をつけて歩いている女の子が見えた。

「みらいちゃん！」

手を振って呼びかけると、みらいちゃんが駆け寄ってくる。

「島崎さん！　滋賀に来てたんですか？」

みらいちゃんは成瀬に弟子入りして、ときめき地区のパトロールをしている小学五年生だ。

「みらいちゃんこそ、こんな暮れまでパトロールお疲れさま」

「成瀬さんにも十二月二十九日から一月三日は休んだほうが良いって言われたんですけど、自主的にやってます」

みらいちゃんはわたしに敬礼してみせた。

「えっと、その、成瀬がいなくなっちゃって……」

「ええっ？」

みらいちゃんは両手を口に当てる。

「こちらは成瀬のお父さん。一緒に手がかりを探してるの」

「どうも」

お父さんは心ここにあらずという様子で、みらいちゃんに投げやりな挨拶をする。

「わたしも探します！」

「でも、すごく時間がかかるかもしれないよ。おうちの人が心配するといけないし……」

「こんなとき、成瀬さんだったら、絶対に協力すると思うので」

そうだった、みらいちゃんは成瀬に心酔しているのだった。みらいちゃんはマイメロディ柄のナップサックから、クリスマスに買ってもらったというスマホを出した。

「もしもしお母さん？　今から人探しをすることになって」

みらいちゃんはおうちの人に電話をかけて状況を説明し、成瀬のお父さんに代わって大人がついていることを伝え、許可を勝ち取った。

「今じゃ小学生でもスマホ持ってるんだね」

お父さんは変なところに感心している。わたしが小学生のときにもすでに持っている子は結構いたのだが、まぁそれはいい。

大晦日のフレンドマート大津打出浜店にはたくさん人がいた。お客様の声の記入台で何か書いている人がいて、それを見たみらいちゃんが声を上げる。

「あぁっ！　呉間言実さんだ！」

三十代とおぼしき女性が顔を上げて「なによ」と迷惑そうに応じる。

「成瀬さんがいなくなっちゃったんです。どこに行ったか心当たりはありませんか?」

一体何者なのだろう。ひるまず尋ねるみらいちゃんを見て心配になるが、成瀬の知り合いではあるらしい。

「知らないねぇ」

言実さんは不審そうにわたしたちを見る。とりあえず謝って立ち去ったほうがいいのではないかと思っていたところへ、エコバッグを提げた男の人が寄ってきた。

「ことちゃん、書けた?」

「あぁ、うん」

「あれ? お知り合い? 夫の呉間祐生です」

祐生さんは人懐っこい笑顔を浮かべて自己紹介してくれた。言実さんの攻撃的な態度と真逆だ。ギャップがすごすぎて、苦笑いしてしまう。

「成瀬さんがいなくなっちゃって、成瀬さんのお父さんと、成瀬さんの相方さんと、一緒に探してるんです」

みらいちゃんが堂々と答える。前に会ったときはもっと子どもっぽかったのに、ずいぶん成長している。

「すぐに帰ってくるでしょ」

その見解で、言実さんが成瀬に詳しい人だとわかる。成瀬は神出鬼没だから、「みんな集まって、どうしたんだ」と言いながら悠然とこの場に現れてもおかしくない。

「お嬢さんがいなくなるなんて、親御さんは心配ですね」

一方で祐生さんはどこまでも優しくお父さんに寄り添う。

「そうです、本当に心配で心配で……。妻は全然心配してくれなくて、僕だけが過保護なのかなって思っちゃって……」

お父さんは泣きそうな声で言うと、両手で顔を覆った。

「そうですよね。わかります。僕たちも、協力できることはします」

言実さん渾身の「はぁ?」がオーミー大津テラスの一階に響きわたった。

「大丈夫。この前だってことちゃんのおかげで万引き犯が捕まったことだし、ことちゃんならきっと成瀬さんを見つけられるよ」

「いやそうじゃなくて」

この夫婦の力関係は大丈夫なのか。言実さんからは一〇〇%関わり合いになりたくないオーラが伝わってくるのに、祐生さんからは一〇〇%善意でやってますオーラが出ている。

「呉間言実さんはこのお店の常連客で、成瀬さんに万引き犯の情報提供をした功績があるんです」

みらいちゃんが説明してくれて、なんとなくその背景が見える。

「だからって成瀬と仲がいいわけじゃないんだからね」

腰に手を当てる言実さんを見て、ツンデレって実在するんだと思った。

「成瀬について今わかっていることは、けん玉と観光大使の衣装を持って、スマホは持たずにどこかにいるということです。所持金はそれなりにあるはずなので、電車や新幹線で遠くに行っている可能性もあります」

　わたしたち五人はフレンドマートのイートインスペースにいったん腰を落ち着けた。成り行き上わたしが進行役になっていて、書記を買って出たみらいちゃんが隣に座り、落ち着かない様子のお父さん、それを案じる祐生さん、帰りたそうに頬杖をつく言実さんが向かいの席に並んでいる。

「きのう一緒に働いていた店員さんによると、成瀬はシフト終了の夜七時ぴったりに、いつもと変わらぬ様子で『よいお年を』と言って帰っていったそうです。それより少し前に年末年始の予定を訊いたときには『基本的には家で過ごす』と言っていたとのこと。新年は初営業日の一月三日からシフトに入っています」

　わたしが店員のおばちゃんを捕まえて聞いた話を、みらいちゃんはノートにせっせと書き込む。

「お父さんから見て、昨夜のあかりちゃんの様子はどうでしたか？」

「僕はきのう仕事納めで、そのあと軽く飲んで九時ぐらいに帰ったんだけど、あかりはリビングで妻と一緒にＳＡＳＵＫＥを見てたよ」

「三十日のＴＢＳってレコ大《たい》じゃないの？」

　言実さんがぼそっと言う。

「今年はなぜか二十九日がレコ大で、三十日がＳＡＳＵＫＥでしたね」

　わたしがフォローする。母が毎年熱心に見ているのだ。

「いつもは早く寝るあかりだけど、SASUKEは毎回最後まで見るんだ。きのうも十一時まで見てて、番組が終わったら『おやすみ』って言って部屋に入っていった」

その時点で、特に変わった様子はなかったという。

「冬場は毎朝六時に起きて外へ走りに行くんだけど、僕たちを起こさないように静かに出ていくから気付かなくて。たぶん今朝も六時頃、いつもの調子で出ていったんだと思う。七時過ぎに妻が起きたときには書き置きを残してすでにいなくなっててね。僕は九時ごろ起きて、そのすぐ後にみゆきちゃんが訪ねてきた」

「そうそう。お母さんと一緒に成瀬の部屋を見たらけん玉と観光大使の衣装がなくなっているのに気付いて……そうだ、観光大使の人にメッセージ送ったんだった」

わたしはあわててインスタを見た。メッセージは未読のままでがっかりしたが、karenのストーリーを見たら二十分前に「いい天気！」のキャプションとともにミシガンの写真をアップしている。

「観光大使の人、ミシガンの近くにいる！」

わたしが叫ぶように言うと、みらいちゃんが「成瀬さんと自主的に観光キャンペーンしてるとか、ありそうですね」と食いつく。お父さんは即座に立ち上がり、「今すぐ行こう」と言い出した。

「僕たちはこのあたりで引き続き情報収集しておきますね」

「いや、わたしは普通に帰るけど」

どうも噛み合っていない呉間夫妻だが、協力者は多いほうがいい。

「そうだ、連絡用にＬＩＮＥグループ作りましょうか。何かあったらメッセージを入れておいてください」

わたしはＬＩＮＥで「成瀬捜索班」のグループを作った。言実さんは個人情報を教えたくないというので無理強いはせず、成瀬の両親、みらいちゃん、祐生さんをメンバーに加えた。

タクシーで大津港に移動すると、ちょうどミシガンが帰ってきたところだった。船内の音楽ライブの音が漏れ聞こえている。

ミシガンが接岸してゲートが開くと、記念品のバルーンアートを持った乗客たちがぞろぞろ下りてきた。成瀬や篠原さんらしき人がいないか目を凝らしてみたが、見当たらない。

「いませんでしたね」

みらいちゃんが言うと、お父さんは「ここじゃなかったか」と肩を落とす。karen のインスタを見てみると、今度は五分前にびわ湖浜大津駅に入っていく京阪電車の写真をアップしていた。

「篠原さん、この近くにいるかも」

わたしたちは大津港から歩いてすぐの場所にある、びわ湖浜大津駅前の交差点に移動した。このあたりは京阪の京津線と石坂線が両方撮影できるスポットで、カメラを持った撮り鉄がまばらに立っている。

その中に、ひときわ目を惹く白いコートの女性がいた。ごついめのカメラを構えて、ちょうど走ってきたラッピング電車に照準を合わせている。こんな大晦日まで撮り鉄に混じって電車の写真を撮るなんて、よっぽど観光大使の仕事に燃えているのだろう。何にでも熱心に取り組む成瀬の相方にぴったりだ。

「あの、し……」

みらいちゃんが話しかけようとしていたので、「ちょっと待ってあげて」と制した。電車が走り去るのを見届けてから、「篠原かれんさんですよね？」と声をかける。

「はい」

成瀬がびわ湖大津観光大使になったと聞いて、二人が並んでいる写真を見たときには複雑な気持ちがあった。成瀬の相方が務まるのはわたししかいないと思っていたからだ。だけど大津を離れたのはわたしの意志だし、仮に大津にいたところで観光大使の選考を通ったかどうかはわからないと自分に言い聞かせていた。

こうして篠原さんと向かい合ったら、完敗だと認めざるを得なかった。すらっとした黒髪ロングの美人で、カメラを扱う所作にも育ちのよさがにじみ出ている。悔しいどころか、ファンになりそうだ。

「あの、わたしは成瀬の友人の島崎みゆきという者です」

篠原さんは警戒の解けた笑顔を見せる。

「ああ、東京のイベントにも来てくれてたよね？　成瀬の話に出てくる『東京にいる幼なじみ』って、あなたのことでしょう？」

成瀬が篠原さんにわたしのことを話してくれているなんて、ちょっと照れる。

「その成瀬が、『探さないでください』っていう書き置きを残して消えたんです。スマホも置いていったから、連絡がつかなくて……」

「それは大変」

篠原さんが顔を曇らせたのを見て、いい人そうだと思った。

「こちらは成瀬のお父さんで、こちらは成瀬の弟子のみらいちゃんです」

「弟子」

みらいちゃんは「そうです」と胸を張ってうなずく。

「成瀬の部屋から観光大使の衣装とけん玉が消えていて、篠原さんが何か知っているんじゃないかと思って、インスタを追ってここに来ました」

「もしかしてメッセージ送ってくれた？　最近迷惑メッセージが多いからあんまり見てなくて。ごめんね」

篠原さんはバッグからスマホを取り出し、画面をスワイプする。

「年末年始は観光大使の仕事はないよ。だけど、成瀬はときどき一人で衣装着て勝手にキャンペーンやったりしてるから……」

わたしもみらいちゃんもお父さんも「あぁ……」と声を漏らす。いかにも成瀬がやりそうなことである。

「それを見た誰かがインスタとかXにアップすることがあるし、チェックしてたら手がかりになるかも。わたしもこの後の予定はないから、付き合うよ」

わたしは篠原さんのＬＩＮＥを教えてもらい、成瀬捜索班に加えた。

明確な目的地をなくしたわたしたちは、態勢を整えるためいったん成瀬の自宅に戻った。

「おかえりなさい」

お母さんはトイレ掃除をしていた。大晦日は大掃除、そういう四角四面なところは成瀬と似ている。

「あかりから連絡なかった？」

「ないよ」

あっさり言われて、お父さんはがっくりうなだれる。

「お二人は……？」

トイレから出てきたお母さんは、怪訝《けげん》そうに篠原さんとみらいちゃんを見た。

「あかりさんと観光大使をやっている篠原かれんです。あかりさんがいなくなったと聞いて、一緒に探すお手伝いをすることにしました」

「わたしは北川みらいです。ときめき小の五年で、普段は成瀬さんと一緒にときめき地区のパトロールをしています」

お母さんは額に手を当ててため息をついた。

「またあの子はまわりを巻き込んで……」

「わたしたちはやりたくてやっているので、ぜんぜん大丈夫です！」

みらいちゃんは胸を張って見せる。

ダイニングテーブルには「探さないでください　あかり」の書き置きがそのままになっていて、また笑いそうになった。篠原さんは書き置きを手に取り、「成瀬って達筆だよね」と褒める。

「成瀬だったらどこに行くか事細かに書きそうなのに、なんで『探さないでください』なんだろう」

篠原さんの疑問ももっともである。普段インスタに書いている長文と比べてあっさりしすぎだ。

「まさか闇バイトに関わってるとか」

お父さんが震える声で言う。成瀬がそんなことするわけないと思うが、年々手口が巧妙になっていると聞くし、あの強すぎる正義感につけこまれたら何をしでかすかわからない。お父さんにつられて、わたしも少し不安になってきた。

「闇バイトなんて、スマホがないと仕事になりませんよ」

篠原さんが一蹴《いっしゅう》する。

「そうです。成瀬さんは警察とも仲良しだし、闇バイトなんてするはずがありません！」

みらいちゃんが力強く断言する。ふたりとも心から成瀬を信用しているようで、少しでも疑ってしまった自分を恥じる。

「大学のほうに行ってるってことはないですか？」

話を変えたくなって、訊いてみた。

「たぶんないと思う。少し前に『大学に行くのは今年最後だ』って言ってたから」

お母さんの言うとおり、成瀬は「今年最後」みたいな区切りをきっちり守りそうだ。

「あの YouTuber の子は何か知らないかな」

「城山くんならJRで四国を一周する動画を上げてましたよ」

京大入試の一日目の夜、オレンジ色の寝袋に入って廊下に転がっていた城山くんを思い出す。びっくりしたのは一瞬で、成瀬ならそういうこともあるだろうと納得してしまった。

「いいな〜。わたしも予讃《よさん》線のアンパンマン列車乗ってみたい」

なぜか篠原さんが目を輝かせた。

「そろそろお昼だし、おそばでも食べる？　ふるさと納税でたくさん届いたのがあるの。あなただって朝から何も食べてないじゃない」

「たしかに、腹が減っては戦《いくさ》はできぬって言うからな」

成瀬にそっくりな口調でお父さんが言った。気付けばわたしもお腹が空いている。お言葉に甘えて、いただくことにした。


長野県から届いたという信州そばは喉越《のどご》しがよく、温かい出汁《だし》が身にしみた。関西のシャキシャキした青ネギが懐かしく感じる。

こんな大晦日に、成瀬の両親と篠原さんとみらいちゃんとダイニングテーブルを囲むなんて不思議な気分だ。本来ならここに成瀬がいたはずなのに。

「島崎さんは今朝こっちに来たの？」

向かいの席の篠原さんが尋ねてきた。

「はい。六時に家を出て、新幹線に乗ってきました」

「新幹線、混んでたでしょ」

「まあまあですね」

わたしが乗っている号車の席はほとんど埋まっていたが、大晦日だからといって想像したほどには混んでいなかった。

「それにしても、スマホ置いていくの謎だよね。地図とか乗換案内とかスマホで見れないと不便だと思うんだけど」

篠原さんの疑問ももっともだ。

「そうなんだよ。スマホを忘れて困ってるかもしれないから余計に心配で……」

わたしの隣に座るお父さんはそばを食べながらもそわそわしている。

「緊急時だし、あかりのスマホを見てみましょうか？」

言いづらかったことをお母さんが言ってくれた。

「いや、それはあかりの信用を失うからやらないほうがいい」

お父さんの反応に「どないやねん」と突っ込みたくなる。いずれにせよ、成瀬のことだからセキュリティ対策のためにばっちりロックをかけているに違いない。

「でも、成瀬さんは普段からパソコンで印刷した時刻表を持ち歩いてた気がします」

みらいちゃんが言うと、お父さんが顔を上げた。

「そうだ、パソコンの検索履歴を見たら何かわかるかもしれない」

お父さんは食べかけのそばを残したまま、ノートパソコンを持ってきた。

テレビでは正午のＮＨＫニュースがはじまって、「全国各地で大晦日を迎えています」と大晦日の風景を流している。混み合うそば屋の様子なんて、去年の映像を流してもバレないんじゃないかと思う。

「岐阜県関ヶ原《せきがはら》町の関ヶ原古戦場では、天下統一スタンプラリーの最終日を迎えています」

「えっ」

わたしは箸でそばを持ち上げたまま固まってしまった。みらいちゃんはそばを噴き出してせき込み、篠原さんがその背中を撫でる。

「全国各地から多くの人が訪れ、スタンプを押していました」

武将に扮したおじさんたちの後ろに、びわ湖大津観光大使のたすきをつけた成瀬が映り込んでいる。

「天下統一スタンプラリー！　検索履歴に残ってる！」

ノートパソコンをいじっていたお父さんが興奮気味に声を上げた。わたしもスマホで検索してみると、凝ったつくりの公式サイトが出てくる。関ヶ原の合戦から四二五年を迎える今年、一月一日から十二月三十一日までの期間で戦国武将ゆかりの地をめぐるスタンプラリーを開催しているという。

「四二五年って、ずいぶん中途半端じゃない？」

わたしが思わず突っ込むと、篠原さんが「四二〇年がコロナでそれどころじゃなかったからかな」と応じる。

ＬＩＮＥを見たら祐生さんから「成瀬さんがニュースに出てました！　関ヶ原にいるみたいですよ！」とメッセージが届いている。

「たしかに、静岡駅で観光イベントがあったとき、家康のスタンプを押しにいくって言ってたわ」

「わたしも、成瀬さんが『武将のスタンプを集めている』って言ってたのを聞きました」

「それならスタンプが集まったら戻ってくるでしょ」

篠原さんとみらいちゃんの証言を受けて、お母さんがほっとしたように言う。娘の行動がわかって安心したというより、夫がワーワー言わなくなったことに安心した様子だ。

ところがお父さんは残りのそばを平らげて、勇ましく立ち上がる。

「さぁ、あかりの居場所もわかったことだし、迎えにいこう」

これはもう何を言ってもダメそうだ。わたしはこれまで成瀬が好き勝手やっているのはお母さんがおとなしいからだと思っていたけれど、お父さんからの遺伝だったらしい。

「わたしたちが行く頃にはもう関ヶ原にはいないんじゃないですか」

小学生にまで冷静に突っ込まれている。

「たしかにそうだな……関ヶ原の次って、どこに行くと思う？」

各々スマホで天下統一スタンプラリーMAPを確認する。関西から関東にかけて、六十ものチェックポイントがあるらしい。主催者側もすべて回るのは大変だとわかっているようで、スタンプ三個から記念品と交換できる。しかしあの成瀬のことだ。六十個コンプリートしようとしているに違いない。

「よく見てみると、観光キャンペーンで行ったことのある場所が多いから、行ったついでに押してるはず。この中で行ったことがない場所っていうと……」

「名古屋じゃないですか？」

みらいちゃんが広げたノートのページには白地図が貼ってあり、ところどころ色が塗られている。

「なにそれ？　すごい」

「社会の勉強になるので、成瀬さんが観光キャンペーンで行った場所をチェックしてるんです」

将来が心配になるほどの成瀬ガチ勢である。

「そうそう、名古屋は二月に行く予定で、まだ行ってないんだよね。岐阜城のスタンプも押してないんじゃないかな？　成瀬が岐阜に寄って名古屋に行くなら先回りできるかも」

「よし。みんな食べ終わったら出発しよう」

かくして、わたしたちは本日二度目の出陣を果たすことになった。今度はお父さんが運転する車で、わたしが助手席、篠原さんとみらいちゃんが後部座席に座る。

名神《めいしん》高速道路は順調に流れていた。カーナビによれば、信長スタンプがある名古屋城までは大津ICから一時間半ぐらいで着くらしい。

「天下統一スタンプラリー、スタンプラリー界隈では有名で六十個コンプリートすることを天下統一っていうんだって」

篠原さんがスマホを見ながら説明している。

「スタンプラリー界隈ってはじめて聞きました」

わたしもXで#天下統一スタンプラリーを検索してみると、思いのほかたくさんの投稿が出てくる。

公式アカウントを見つけて開いてみると、「こちらは関ヶ原で出会ったびわ湖大津観光大使の成瀬あかりさん。駆け込み天下統一を目指して回っているそうです」のコメントとともに、観光大使らしいスマイルを浮かべた成瀬の写真があった。

いつも思うのだが、観光大使の成瀬はわたしの知ってる成瀬と違う。こんな表情ができるようになったのだと思うと、なんだか寂しくなる。

「成瀬だったらすごく早いうちに済ませそうなのに、どうしてこんなギリギリにやってるんだろう」

ふと浮かんだ疑問を口にすると、即座にみらいちゃんが応じた。

「成瀬さん、たぶん別のスタンプラリーもしてるんです。百人一首スタンプラリーも今年やってませんでした？」

「あったあった！　言われてみれば心当たりがすごくある……。JR西日本の妖怪スタンプラリーも熱心に集めてたし、平和堂のはとっぴースタンプラリーもやってた。ほら、コロナでしばらくスタンプラリーできなかったから、その反動で今スタンプラリーブームになってるんだよ」

コロナで三年警戒を続けていたものが、二年経って平常通りに戻っている。普段からマスクをつけている人はほとんど見なくなってきた。

「ほかのスタンプラリーで忙しくて、天下統一スタンプラリーが最後まで残っちゃったんだね」

篠原さんとみらいちゃんがスタンプラリー談義で盛り上がるのと反比例するように、わたしの気持ちは沈んでいく。

どうしてわたしは東京に引っ越してしまったのだろう。

去年の夏に父が転勤で東京に行くことを聞いた。一人で滋賀に残ってもいいと言われたものの、一人暮らしをするのが不安だったし、東京に住んでみたい気持ちもあって、家族についていくことにした。

大学では同じクラスの子たちとすぐに仲良くなった。関西出身の子もけっこういて、関西電気保安協会とかホテルニューアワジのCMの話で盛り上がった。M－1グランプリに出たときの話をしたらお笑い好きの友達がたくさんできて、誰かの下宿に集まって芸人さんの動画を見たり、お笑いライブを見に行ったりして楽しく過ごしているのだけど、ふとした瞬間に成瀬がいないことを寂しく思う。

あれほど滋賀を見下していた母も、「こっちは病院の待ち時間が長すぎる」とか「滋賀のスタバでは全然並ばなかったのに」などと愚痴を言っている。勝手なものだが、実際に暮らしてみないとわからないことはあるし、気持ちはわかる。

わたしも滋賀にいればよかった。生まれ育ったときめき地区で、成瀬とつかず離れず暮らしていることが当たり前だったなんて、今思えば贅沢だ。過去の成瀬についてはわたしのほうが圧倒的に詳しいはずだが、今の成瀬のことは篠原さんとみらいちゃんのほうがよく知っている。

「島崎さんって、成瀬とコンビ組んでたんでしょう？　オーロラソースに会ったことがあるって聞いたよ」

篠原さんに話しかけられて我に返った。M－1に初めて出たときに同じグループだったオーロラソースは偶然にもわたしと同じタイミングで東京進出し、お昼のバラエティ番組に木曜レギュラーとして出ている。二人の関西弁を聞くと懐かしい気持ちになって、わたしは関西の出身なのだと思い知らされる。

「会ったっていうか、控室で一緒になっただけですけど」

そっけない言い方になってしまった。だいたい、わたしたちはコンビを組んで「た」のではなくて、組んで「る」のだ。

「いいなー！　わたしの友達にもマヨラーがいるの。マヨネーズ隅田《すみだ》って近くで見ると光って見えるって言ってたんだけど、本当？」

「まぁ、たしかにイケメンでしたけど、光ってるというほどでは……」

ゼゼカラはわたしが引っ越したあとも続いていて、ときめき夏祭りで司会をした。でも今年に限っていえば、ゼゼカラとしての稼働回数よりもびわ湖大津観光大使としての稼働回数のほうがはるかに多かった。

救いは観光大使の任期が一年ということだ。四月になれば成瀬と篠原さんは元観光大使になって、コンビを解消する。たぶん観光大使という冠がなければ付き合わないような二人だから、成瀬はゼゼカラに重きを置いてくれるだろう。

――でも、成瀬もゼゼカラを組んで「た」って思っていたとしたら？

突然浮かんだ考えに身震いする。

今までこんなふうに不安に思ったことなんてなかった。中学時代は一緒に登下校をして、成瀬と一番仲がいい自信があった。別々の高校に入ってからも、同じマンションに住むゼゼカラの相方として、特別なポジションにいると信じられた。でも今の成瀬にとって、わたしはどんな存在なんだろう。

滋賀からわたしがいなくなったあと、篠原さんとびわ湖大津観光大使になって、みらいちゃんとパトロールに励んで、フレンドマートでバイトして、大学でも知り合った人がいて、成瀬の世界は順調に広がっている。わたしは成瀬のすぐそばにいたはずなのに、アルファベットのYの字みたいに枝分かれしてしまった。

東京で楽しく大学生活を送っていたつもりが、篠原さんとみらいちゃんと接しているうちに成瀬の空けた穴の大きさを実感した。わたしたちの車を追い越していく尾張小牧《おわりこまき》ナンバーの車を見ながら、早く成瀬に会いたくなった。

カーナビの予測はだいたい合っていて、名古屋城には一時間四十分で着いた。正門前の駐車場は満車で、ひとまずわたしたち三人で先に車を降りた。

「わたしが運営だったら信長スタンプは名古屋じゃなくて清須《きよす》にするのに」

「篠原さんって歴史にも詳しいんですね」

みらいちゃんが感心したように言う。

「小さい頃から大河ドラマを見てたの。だから詳しいのは一部の時代だけだけどね。一月から新しいのがはじまるから、みらいちゃんも見てみたら？」

そういえば成瀬も小学生の頃から大河ドラマを好んで見ていた。わたしは全然興味がなくて見ていなかったけれど、見ていたら観光大使になれたのだろうか。

「すごい！　金のシャチホコだ」

「映《ば》えてるね〜」

みらいちゃんと篠原さんがスマホで天守閣を撮影しはじめた。ふたりはすっかり歩調を合わせていて、わたしだけが浮いている気がする。

「早く成瀬を探しに行きましょう」

なるべく穏やかに言うつもりが、少しきつい口調になってしまった。

「あっ、ごめんごめん」

篠原さんはさらっと謝り、みらいちゃんは「チェックポイントは本丸の近くにあるみたいです」と目的地を指さす。

歩を進めると、天下統一スタンプラリーののぼりと、武将のコスプレをした人たちが見えてきた。

「ようこそお越しくださった」

毛筆で書かれた「織田信長」の名札をつけたおじさんが作った声で言う。

「すみません、わたしたち、人探しをしているんです。この人なんですけど」

篠原さんがスマホで成瀬の写真を見せると、信長は表情を緩めた。

「あぁ、少し前に来られましたよ」

わたしたちは顔を見合わせた。

「少し前って、何分前ですか？」

「三十分ぐらい前でしょうか。やっと全部のスタンプが集まったと見せてくれたので、間違いありません」

「成瀬は、まだ名古屋にいる！」

篠原さんのほうが信長よりよっぽどドラマチックな口調である。

「名古屋ってほかにスタンプラリーやってますか？」

みらいちゃんの的確な質問に、信長は「地下鉄でスタンプラリーをやっていた気がしますが……」と自信なさげに答える。

「名古屋市営地下鉄スタンプラリーは……十二月二十八日までだから終わってる」

篠原さんがスマホを見て残念そうに言った。

「すみません、ありがとうございました」

わたしたちは信長にお礼を述べて、その場を去った。

「スタンプも集まったし、もう家に帰るんじゃない？」

「わたしもそんな気がします。前に、成瀬さんと年が変わる瞬間のことを話したとき、『そういえばわたしは毎年滋賀県にいるな』って言ってたんですよ。成瀬さんってそういうのにこだわりそう」

二人の推測はもっともだが、わたしはどうしても「探さないでください」が気になっている。普通に帰るつもりなら、「夜までには帰ります」でいいんじゃないのか。お笑い的には「探してください」って言ってるようなものだ。成瀬はわたしたちを試そうとしているのでは……。

「あっ、呉間祐生さんからＬＩＮＥが来ました！」

みらいちゃんが言うのでスマホを見ると、成瀬捜索班のＬＩＮＥにＸへのリンクが届いていた。

「ことちゃんが見つけました。成瀬さんはついさっき名古屋駅にいたみたいです！」

あれほど嫌がっていた言実さんも協力してくれていたらしい。リンクを開くと改札口の雑踏の中に、びわ湖大津観光大使のたすきをつけた成瀬が写り込んでいた。写真の中の時計は十分前を指している。

発信者は知らない配信者だったが、八万人のフォロワーがいる有名人らしい。「名古屋駅なう」のつぶやきとともに画像がアップされていて、引用ポストで「びわ湖大津観光大使？」とツッコミが入っている。

車を停めてから遅れて到着したお父さんに、成瀬がここに立ち寄ったこと、名古屋駅の新幹線乗り場で目撃情報があったことを話した。

「あと一歩間に合わなかったかぁ」

お父さんは痛恨のミスをしたかのように顔を歪める。

「スタンプが集まったから、新幹線で帰るんだと思いますよ」

「いずれにしても行き先はわからないし、うろうろしないほうがいいですよ。一休みして大津に帰りましょう」

みらいちゃんと篠原さんがお父さんを説得する。わたしはどこか引っかかりつつも、成瀬の行きそうな場所が思いつかない。二人のリクエストで、金シャチ横丁の金箔ソフトクリームを食べて帰路についた。

帰り道、後部座席の篠原さんとみらいちゃんは寝てしまった。五時半に起きたわたしこそ眠いはずなのになぜか眠れなくて、カーラジオから流れるのんきなトークと音楽に耳を傾けていた。大晦日というだけあって、メッセージテーマは「二〇二五年の出来事」だ。

今年のはじめは受験生だったから、一応勉強していた。成瀬と一緒に近江神宮に行って合格祈願をしたのだが、わたしは自分の学力で受かりそうな大学しか受けなかったし、成瀬は京大合格間違いなしと言われていたので、近江神宮にとってはどちらも力を入れなくていい案件だったと思う。

成瀬から合格発表についてきてほしいと言われたときには、こんな人生の節目にわたしを誘ってくれるのかと感激した。成瀬の受験番号の１０８が見えた瞬間、自分のことみたいにうれしかった。

わたしが東京に引っ越す日、成瀬は膳所駅まで見送りに来てくれた。成瀬は泣かないだろうと思ったらやっぱり泣かなくて、わたしも平気な顔をして見せたが、電車が膳所駅のホームを離れた途端に涙が出てきた。

「みゆきちゃんも眠くない？　朝早かったでしょ」

お父さんに話しかけられて、姿勢を正す。

「なんだか眠れなくて」

「そっか」

些細な会話だったが、凝り固まった空気が少しほぐれた気がした。

「最近のあかりちゃん、どんな様子ですか」

「うーん、特に変わりなく、何考えてるかわからないよ」

「それはたしかに変わりないですね」

他人が何を考えているのかわからないのはある意味当然だが、成瀬の得体の知れなさはちょっと質が違っている。わたしだったら怒るようなところで全然怒らないし、わたしだったら気付かないような細かいことで悩む。

「最近ようやくわかったのは、あかりは本当に勉強が好きらしいってことだ。大学の勉強は高校までと違って学んでいる実感があるって言ってた」

「はぁ、なるほど」

わたしにとって勉強なんてなるべくやりたくないものだ。成瀬も実はやりたくないけれど、挑戦の一環としてやってるだけなんじゃないかと疑ったこともあった。でも、お父さんの証言によれば大学の講義には熱心に出ていて、前期のテストやレポートではすべて八十点以上の成績を収めたらしい。

「あかりがふといなくなっちゃう気がして、怖いんだ」

ダッシュボードの隅に置かれたディープインパクトのぬいぐるみを見ながら、あぁ、わたしも怖いんだと気付いた。今はまだ手の届くところにいるけれど、近い将来どこか遠くに行ってしまうかもしれない。

もしかしたらわたしは、成瀬に置いていかれたくなくて、自分から膳所を離れたのかもしれない。今まで考えたこともなかったけれど、そんな気がしてくる。成瀬は膳所にとどまるようなスケールの人間じゃない。だからお父さんにも「いなくなりませんよ」なんて無責任なことは言えなかった。

「でも、いなくなるときにはさすがに予告するんじゃないですか」

わたしが精一杯の配慮を込めて励ますと、お父さんは「そうだね」とつぶやくように言った。

「あれ、もう信楽《しがらき》?」

篠原さんが目覚めて声を上げる。

「成瀬さんが新幹線に乗ってたら、すでに家に着いててもおかしくありません」

みらいちゃんも起きてスマホをチェックしている。

そういえばわたしも全然スマホを見ていなかった。バッグからスマホを出して画面を見ると、東京にいる母からのメッセージ通知が映し出された。

「あかりちゃんが来たんだけど」

わたしの手からスマホがすべり落ちた。

「どういうこと?」

スマホを拾うより早く、思ったことが口に出ていた。後部座席から篠原さんが「なにかあった?」と尋ねてくる。無言のままスマホを拾い上げて確認すると、メッセージは一分前に届いたばかりだった。

「成瀬は、東京にいる」

後部座席のふたりが「え〜っ？」と叫ぶのを聞きながら、運転席のお父さんに目を向ける。お父さんは前を向いたまま少し目を細めて「そうか、みゆきちゃんに会いにいったんだ」と納得したように言った。

わたしは急いで母のスマホに電話をかける。

「成瀬そこにいるの？　どういうこと？」

「いや、もう出ていっちゃった」

「いるときに電話くれたらよかったじゃん！」

思わず怒鳴ってしまった。

「あんただってあかりちゃんがいないこと連絡してくれなかったじゃん！」

わたしは後頭部をヘッドレストに叩きつけた。たしかにそうだ。母を成瀬捜索班に加えていたら、もっと早く情報が手に入ったかもしれないのに。

「みゆきがあかりちゃんに会うために滋賀に行ってるって伝えたら、それはすまなかったってしょんぼりしてたよ。上がってお茶でも飲んでいけばって言ったんだけど、これから行かなくてはならないところがあるんだって慌てた様子で出ていっちゃった」

成瀬と母のやり取りが余裕で想像できる。これまで成瀬が東京の家に来たことはなかったが、住所を教えていたから場所がわかったのだろう。

「わたしが知ってることはそれぐらいだよ。もしまた来たらすぐに連絡するね」

「わかった」

わたしは通話を切った。どうリアクションして良いものかわからず、車内にはなんとも言えない沈黙が広がる。

「とりあえず、あかりさんの無事がわかってよかったですね」

篠原さんがお父さんに向けて場をとりなすように言うと、みらいちゃんも「成瀬捜索班のグループに情報を上げておきますね」と明るい声を出す。

「きっと、東京で別のスタンプラリーやってるんだよ。今日最終日のスタンプラリーが多いから、急いで回ってるんじゃないかな」

「そうですね。今日中にいくつスタンプラリーを回れるか、ギネス記録に挑戦してたりして」

次第にわたしの気持ちも落ち着いてきて、成瀬も同じことを考えていたのだという喜びが湧いてきた。こんな人騒がせな方法だけど、東京までわたしに会いにきたのは事実である。わたしが成瀬に会いたいと思っていたように、成瀬もわたしに会いたいと思ってくれた。「探さないでください」も、成瀬なりのサプライズだったに違いない。大晦日なら家にいるだろうと思ったのが、お互い裏目に出てしまったようだ。

「まさか名古屋まで行くとは思わなかったね」

大津ICを降りたところで、篠原さんがまとめに入り出した。

「すごく楽しかったです！　冬休みの思い出として、作文に書きます」

みらいちゃんが弾んだ声で言う。

「今度は成瀬さんのいるときにドライブしたいですね」

「しようしよう！　島崎さんもまた来てよね」

振り向くと、篠原さんもみらいちゃんも笑顔でこっちを見ている。二人ともわたしを受け入れてくれているようで、嫉妬していたのが馬鹿みたいに思える。

「もちろんまた来ます」

わたしも笑顔で答えた。


篠原さんとみらいちゃんをそれぞれ送り届けて、成瀬の自宅に帰り着いたのは十七時すぎだった。お母さんはキッチンに立っていて、煮物のいい匂いが漂っている。

――わたしって、ここに泊まっていいんだろうか。

匂いに誘発されたかのように、突然疑問が湧いてきた。成瀬が今日中に帰ってこなかったら、わたしと成瀬の両親で年を越すことになる。それはちょっと気まずい。

「わたし、帰ったほうがいいですか？」

思わずわたしが尋ねると、お父さんもお母さんも虚をつかれた顔で「えっ」と言う。二人も今になってこの状況の異様さに気付いたらしい。

「たしかに、あかりがいなかったらみゆきちゃんもいづらいよな……」

「こっちは全然構わないんだけど、みゆきちゃんが帰りたいんだったら……」

わたしも混乱していた。今回は成瀬に会いにくるだけの旅で、明日の夕方には新幹線に乗って帰るつもりだった。あさっては朝から横浜のおばあちゃんの家に行く予定だ。

「今年も大晦日恒例のけん玉ギネス記録にチャレンジします！」

ふとテレビに目を向けると、「ＮＨＫ紅白歌合戦」の直前特番が流れていた。けん玉を持ってゼッケンを付けた参加者たちが、大皿の練習をしている。

「えっ」

「あっ」

「嘘でしょ?」

お父さんとお母さんとわたしが声を上げたのは同時だった。けん玉ギネス記録を目指す出演者の中に、びわ湖大津観光大使のたすきをかけた成瀬がいた。

成瀬以外にも、偉人のコスプレをした人や、名産品パネルを背負っている人、ご当地キャラのぬいぐるみを背負った人たちが全国各地の代表であることをアピールしている。

「今年は全国各地の皆さんにお集まりいただき、総勢百三十人でけん玉の大皿を決めるチャレンジをします! お楽しみに!」

画面はスタジオに切り替わり、アナウンサーと演歌歌手が「いろんな人がいましたね〜」と笑顔で感想を話している。

お父さんもお母さんも無言だ。もし今から帰ったとして、スムーズに乗り継ぎできても三時間はかかる。その間にけん玉チャレンジが終わってしまったら後悔するだろう。

「わたし、これをテレビで見たいから、泊まっていっていいですか?」

「うん。みゆきちゃんも疲れただろうし、それがいいよ」

お母さんに言われたら脳が疲れを思い出したらしく、全身が重くなった。ソファに体を預けてスマホを見ると、祐生さんが成瀬捜索班グループに「いまNHKに成瀬さんが映ってました! 紅白に出るみたいです!」とメッセージを入れている。一日中NHKを見ているのだろうかと思ってしまったが、成瀬の家でもついていたし、そういうものかもしれない。続いて篠原さんとみらいちゃんから、驚きを示すスタンプが届く。

たしかに成瀬が今このときにＮＨＫホールにいるのは驚きだけど、わたしはいつかこんな日が来る気がしていた。正確な時期は思い出せないが、成瀬は下校中に「島崎、わたしはいつか紅白歌合戦に出ようと思っている」と言ったのだった。

「それは歌手として出るってこと？」

成瀬は幼稚園の頃から歌がうまかったが、それはリズムや音程の正確性が高いというだけで、プロの歌手になるにはまだまだ相当な鍛錬が必要であるように思えた。

「できればそうしたいが、ライバルが多いから厳しい道になるだろう。まずはバックダンサーとか、そういうところでステージに立つのが近道だと思っている」

「ああいうのって、どこで募集してるんだろうね」

「わたしも探してみたのだが、一般公募はしていないようだった。芸能事務所に入るとか、なんらかの活動で目に留まるとか、そういうのが必要なんだろうな」

成瀬は大きなことを百個言って一個でも叶えたらいいと主張してきたが、一個だけじゃなくてそこそこ叶えている。途中で投げ出してイラっとさせられることも多いけれど、成瀬なりに咲く花と咲かない花を見極めているのかもしれない。紅白歌合戦に出たいと思ってまいた種は、今夜咲こうとしている。

「そういえば、東京の観光キャンペーンで成瀬がけん玉パフォーマンスをしたんだけど、そのあと知らないおじさんから名刺もらってた！　ＮＨＫの関係者だったのかも」

篠原さんからメッセージが届く。今年は全国からけん玉メンバーを集めたようだし、もしもその人が本当にNHKの関係者だったとしたら渡りに船だっただろう。

「わたしも、このまえ成瀬さんから『最近の小学生も紅白歌合戦を見るのか』って訊かれました。あれは匂わせだったのかもしれません」

みらいちゃんの供述で、「探さないでください」の答えが見えた。

「わかった。成瀬は、紅白に出ることを口止めされてたんだ」

わたしがメッセージを送信すると、篠原さんから「なるほど」のスタンプが届く。番組出演が決まったとき、口外しないでくださいと釘をさされたのだろう。それはきっとSNSなどで不特定多数に公表しないでくださいという意味だったが、成瀬はそれを国家機密のように受け取り、家族にも身近な人にも隠していたに違いない。

お父さんはいそいそとレコーダーで紅白歌合戦を録画予約している。これだけ振り回されても怒っている様子がないあたり、この親にしてこの子ありだと実感する。

「あかりちゃんも毎年紅白見てるんですか?」

「見たり見なかったりだね。十一時四十五分の最後まで見てることもあるんだけど、終わってすぐに寝るって言って部屋に行くんだ」

「あと十五分ぐらい起きてたらいいのに」

わたしは小さい頃から大晦日だけは夜ふかししていいと言われてワクワクしていたのに、成瀬には年越しの瞬間を起きて迎えようという発想がないらしい。

けん玉チャレンジは八時にはじまった。三山《みやま》ひろしの歌に合わせて、集まったメンバーが大皿に玉を乗せるチャレンジだ。ゼッケン番号の上に都道府県名が書かれていて、北海道代表、青森県代表、岩手県代表といった具合で北から順に大皿を決めていく。

お父さんはテレビの前の床に座り、一人ひとりが決めるたびに「よしっ」「オッケー」と声を出す。お母さんは無言で見守っていて、わたしは祈るように両手を組んでいた。

成瀬が失敗するわけないと信じているけれど、人と違うことばかりしてきた成瀬だから、よりによって今日この舞台でやらかしてもおかしくない。突如浮かんだ不吉な予感に心臓がバクバク鳴っている。

静岡県、愛知県、三重県と過ぎ、いよいよ滋賀県代表のびわ湖大津観光大使、成瀬が映る。わたしの不安をよそに、成瀬はだれよりも涼しい顔で赤い玉を振り上げ、大皿で軽々と受け止めた。

わたしたちにとってかけがえのない成瀬も、テレビに出てしまえば百三十人のうちの一人。しかし確実に、京都府代表にバトンをつなぐ役割を果たした。お父さんは「よっしゃー」と両手を上げ、お母さんも安心した様子で「よかった」と胸に手を当てる。

わたしはなぜか笑えてきて、ゲラゲラ声を上げた。膳所から紅白へ。ほら吹き成瀬がまたひとつ大きなことを叶えてしまった。

わたしはXで「観光大使」とか「滋賀」を代理エゴサーチした。紅白歌合戦を見ている人が多いせいか、一瞬映っただけなのに「琵琶湖観光大使ｗｗｗ」とか「滋賀も無事成功」とか、成瀬に言及しているポストがちらほら見える。「滋賀のけん玉の子、近所の子だった」

と書いている人はときめき地区の人かもしれない。Xに書かなくても成瀬を見ている人はいっぱいいて、またひとつ成瀬あかり史が増えたのかと思うと感慨深い。

LINEの成瀬捜索班グループは成瀬の成功を祝福する声であふれている。ときめき夏祭りグループのほうでも実行委員の吉嶺さんや稲枝《いなえ》さんが「紅白に成瀬さん出てた⁉」「成瀬さんけん玉してたよね？」とメッセージを入れていて、みんなリアルタイムで紅白歌合戦を見ているのだと思ったらまた笑えてきた。


わたしたち三人にとって紅白歌合戦のピークはけん玉チャレンジで、その後もしばらくは興奮冷めやらぬ雰囲気で会話をしていたのだが、九時のニュースを過ぎた頃には口数が減ってテレビの音量が大きく感じられてきた。

途中でお風呂を済ませ、大学の友達とLINEのメッセージをやり取りしているうちに眠くなり、ソファで横になってうとうとしていた。

「あかりはまだ会場にいるのかな？」

お父さんの声で目を覚ますと、紅白歌合戦はラストの「蛍の光」の合唱に入っている。

「どこに泊まるのかしら」

「NHKがホテルとか用意してくれるんじゃない？」

わたしが滋賀で年を越して、成瀬が東京で年を越すなんて、逆もいいところだ。

「あかりちゃんのことだから、今ごろもう寝てるんじゃないですか」

「そうかも」

そんな話をしているうちに紅白歌合戦が終わり、「ゆく年くる年」がはじまった。

「みゆきちゃんが好きなの見ていいよ」

特別見たい番組はなかったので、「お笑い年越し！　爆笑ネタ100連発」にチャンネルを合わせてみた。ひな壇にオーロラソースの二人が見えて、彼らも上京してはじめての年越しなのだと思う。

「二〇二六年まで、一分を切りました！」

女性アナウンサーが高らかに宣言した瞬間、玄関の鍵が回る音がした。小さい頃から幾度となく聞いた、このマンションのドアが開く音だ。一瞬状況がわからなくて、自分の父親が帰ってきたのかと思った。

でも、この家に帰ってくるのは一人しかいない。

「ただいまー」

二十三時五十九分、成瀬が帰ってきた。わたしは立ち上がり、リビングのドアを開ける。

「成瀬！」

成瀬はびわ湖大津観光大使の衣装を身につけたままだった。

「おう、島崎」

わたしの姿を認めると、軽い調子で右手を上げてリビングに入ってきた。やっと会えてうれしいはずなのに、成瀬があまりに自然すぎてきのうも会っていたような錯覚に陥る。

「無事で良かった」

お父さんも成瀬に歩み寄り、再会を喜んでいる。

「島崎には申し訳ないことをした」

「いや、それより、年が明けちゃう！」

テレビ画面には二〇二六年まであと三十秒と表示されている。

「ただ日付が変わるだけなのに、ずいぶん大げさだな。毎日こんな表示が出るのか？」

「違うよ、大晦日だけだよ」

いよいよカウントダウン十秒前になり、画面の数字が大きくなる。

「10、9、8、7、6」

わたしがテレビに合わせて声を出すと、成瀬も合わせて声を出しはじめた。

「5、4、3、2、1、0！　あけましておめでとう！」

滋賀で成瀬と一緒に年を越せた。当初の予定とはまったく違うところに転がったけれど、今この瞬間を共有できた。

「はじめて年越しの瞬間まで起きていたな」

成瀬は背負ったままだったリュックを下ろした。

「あかりが帰ってきて本当によかった」

お父さんは娘が帰ってきたことがうれしくてたまらない様子で、ニコニコしている。

「こっちは大変だったんだから」

笑顔のお父さんとは対照的に、お母さんはうんざりした表情で成瀬に詰め寄る。

「お父さんもみゆきちゃんも、心配して名古屋まで行ったのよ」

「ええっ」

成瀬は驚いたようにわたしとお父さんの顔を見る。

「『探さないでください』と書き置きしたはずだが」

「あんなこと書いたら余計に心配するでしょ。どこに行くかちゃんと書きなさい」

お母さんに叱られた成瀬はしゅんとした様子でうつむいた。

「紅白歌合戦に出ることは誰にも言ってはいけないと言われていたんだ。心配かけてすまなかった」

「それでも、スマホ持っていって連絡することはできるでしょ?」

「GPSを調べられたら、わたしがNHKに行くことがバレてしまうじゃないか」

やっぱり成瀬は成瀬だった。お母さんはため息をひとつついて、「お風呂入っちゃいなさい」とリモコンの追いだきボタンを押した。

「わたしとお父さんだけじゃなくて、みらいちゃんと篠原さんと呉間さんも協力してくれたんだよ」

わたしは成瀬捜索班のLINEグループを見せた。

「そんな大事になっていたとは思いもしなかった。わたしもグループに招待してくれるか」

成瀬は自分のスマホを手に取り、謝罪文を打ちはじめる。

「このたびは皆さまに多大なご心配をおかけしたことを深くお詫び申し上げます。2025年12月31日23時59分、大津市におの浜の自宅に無事帰宅いたしました。不束者《ふつつかもの》ではございますが、2026年も変わらぬご愛顧のほどよろしくお願いいたします。

2026年1月1日　成瀬あかり拝」

いち早く反応したのは祐生さんで、「年越しに間に合ってよかったね〜」とその口調まで思い浮かぶようなメッセージが届く。次いでみらいちゃんから「よかったです！　今年もよろしくお願いします」のメッセージとマイメロちゃんがお辞儀しているスタンプが届き、篠原さんからは涙を流して爆笑する顔のスタンプのあと、「けん玉成功おめでとう！　成瀬が一番映《ば》えてたよ」というメッセージが届いた。

翌朝、わたしたちは紅白歌合戦の録画を見ながら、成瀬のお母さんが作ってくれたお雑煮《ぞうに》をいただいた。思えばわたしは母の作る関東風のお雑煮で育ってきたから、滋賀のお雑煮を食べるのははじめてだ。白味噌ベースの丸餅で、大根や白菜が入っている。

「何万回とやってきた大皿だが、さすがにこんな大舞台でやることはないから勝手が違ったな。もっと深く膝を曲げたほうがいいのだが、フォームが崩れている」

成瀬は自分のけん玉姿を見て一人反省会をしている。

「それ、たぶん緊張してたんだよ」

わたしが指摘すると、成瀬ははっとした顔をする。

「あれが緊張だと言われれば、たしかにそうかもしれない」

成瀬は一時停止した画面を黙って見つめ、当時の状況を反芻《はんすう》しているようだった。生まれて初めての緊張が紅白歌合戦の舞台というのも珍しい。

「しかし、紅白歌合戦はとても楽しかった。わたしでも知っているような歌手や芸能人をたくさん見かけたし、今度はゼゼカラで出られるといいな」

予想外の一言に、わたしは危うく餅を飲み込んで窒息するところだった。紅白歌合戦に出るなんて、わたしの人生には起こり得ないと思っていた。でも成瀬だってこうして出演したわけだし、ゼゼカラとしてステージに立つ可能性はある。

そしてなにより、成瀬にとってゼゼカラが過去ではないことを確認できた。わたしは絶対緊張するだろうけど、成瀬と一緒ならきっとどこでも大丈夫だ。

お雑煮を食べ終えたわたしたちは、近くの馬場《ばんば》神社に初詣に出かけた。

「それで、名古屋城で織田信長のコスプレした人に成瀬のことを訊いたら、三十分前に来たって言われて」

歩きながらきのうの顚末を成瀬に説明した。

「もう少しゆっくりできたらよかったのだが、島崎の家に寄ってからＮＨＫに行きたいと思って急いでいたんだ」

「うちのお母さんから『あかりちゃんが来た』ってＬＩＮＥがきたときにはびっくりしたよ」

「わたしも、島崎が滋賀に行ったと聞いたときには驚いた」

馬場神社は小規模な神社で、元日でも参拝客はまばらだ。運試しにおみくじを引いたらわたしは吉で、成瀬は大吉だった。

「どういうわけか、わたしは毎年大吉を引くんだ」

「さすが」

参拝の順番待ちをしていると、前にいる小さな子どもが「なにをお願いするの？」と親に向かって尋ねている。

「今年もみんな元気に過ごせますようにってお願いするんだよ」

「ふーん」

成瀬は何を祈るのだろう。訊いたら教えてくれそうだけど、知りたくない気もする。わたしだって、本当の願いは成瀬には言いづらい。

参拝を済ませたあとはのんびり歩いて湖岸に出た。冷たく張り詰めた空気の下、青い湖面が光っている。今年もいい年になりそうだ。

「二〇二六は2×1013だな」

「1013って素数なんだ」

小さいころは二〇二六年なんてずいぶん先だと思っていたけれど、あっという間にここまで来た気がする。成瀬は二百歳まで生きると言っているから、二二〇六年になってもこの世にいる。これからもずっと、お正月には大吉を引き続けてほしい。

「島崎、今年もよろしく頼む」

成瀬は琵琶湖に目を向けたまま言った。

「もちろん」

これからもずっと、成瀬を見ていられますように。さっき神社で祈ったことを、琵琶湖に向かってもう一度祈った。

初出

「やめたいクレーマー」(『小説新潮』二〇二三年五月号)

ほかは書き下ろしです。

なお、単行本化にあたり加筆・修正を施しています。

装画　ざしきわらし

宮島未奈（みやじま・みな）

1983年静岡県富士市生まれ。滋賀県大津市在住。京都大学文学部卒。

2021年「ありがとう西武大津店」で第20回「女による女のためのR-18文学賞」大賞、読者賞、友近賞をトリプル受賞。

2023年同作を含む『成瀬は天下を取りにいく』でデビュー、10万部を突破し話題になる。

本書はその続編にあたる。

成瀬《なるせ》は信《しん》じた道《みち》をいく

著者／宮島《みやじま》未《み》奈《な》

発行／2024年 1月25日
6刷／2024年 4月10日

発行者／佐藤隆信
発行所／株式会社新潮社
〒162-8711 東京都新宿区矢来町71
電話・編集部 03(3266)5411・読者係 03(3266)5111
https://www.shinchosha.co.jp

装幀／新潮社装幀室
印刷所／株式会社光邦
製本所／加藤製本株式会社

ISBN 978-4-10-354952-9 C0093

成瀬は天下を取りにいく　宮島未奈

「島崎、わたしはこの夏を西武に捧げようと思う」。中2の夏休み、幼馴染の成瀬がまた変なことを言い出した。圧巻のデビュー作にして、いまだかつてない傑作青春小説！

君が手にするはずだった黄金について　小川哲

才能に焦がれる作家が、自身を主人公に描くのは、承認欲求のなれの果て——。いま最も注目を集める直木賞作家が、成功と承認を渇望する人々の虚実を描く話題作！

禍　小田雅久仁

セカイの底を、覗いてみたくないか？　孤高の物語作家による、恐怖と驚愕の到達点に刮目せよ！　臓腑を掻き乱し、骨の髄まで侵蝕する、小説という名の七の熱塊。

#真相をお話しします　結城真一郎

リモート飲み、精子提供、YouTuber……。緻密で大胆な構成と容赦ない「どんでん返し」で現代の歪みを暴く！　日本推理作家協会賞受賞作を含む戦慄の5篇。

あの子とQ　万城目学

見た目は普通の高校生、でも実は吸血鬼。そんな弓子のもとに突然、謎の物体「Q」が出現。巻き起こる大騒動の結末は⁉　ミラクルで楽しい青春×吸血鬼小説！

縁切り上等！　離婚弁護士　松岡紬の事件ファイル　新川帆立

幸せな縁切りの極意、お教えします。読めば元気をもらえる、温かなヒューマンドラマにして、個性豊かなキャラクターたちが織りなすリーガル・エンタメ！

木挽町のあだ討ち　永井紗耶子

ある雪の降る夜、芝居小屋のすぐそばで、美少年・菊之助によるみごとな仇討ちが成し遂げられた。後に語り草となった大事件には、隠された真相があり……。

可哀想な蠅　武田綾乃

どこからか湧いてくる目障りな存在、蓋をしたい感情。それを消していけば、世界は今より美しくなるのだろうか。彼女たちの「裏面」を描き出す、ブラックな短篇集。

おばちゃんに言うてみ？　泉ゆたか

文句ばっか言うとらんで、半歩でも前に進まんかい。大阪岸和田のおばちゃんが追い詰められた人々の背中をドンと押す、抱腹絶倒、ちょっと涙のヒューマンドラマ！

わたしたちに翼はいらない　寺地はるな

他人を殺す、自分を殺す。どちらにしてもその一歩を踏み出すのは意外とたやすい。心の傷は恨みとなり、やがて……。「生きる」ために必要な救済と再生をもたらす物語。

行儀は悪いが天気は良い　加納愛子

懐かしくて恥ずかしくて、誇らしくて少し切ない。大阪時代から現在まで、何にでもなれる気がした「あの頃」を綴った、24編。Aマッソ加納、待望の最新エッセイ集！

ともぐい　河﨑秋子

己は人間のなりをした何ものか――山でひとり獲物を狩り続ける男、熊爪。ある日見つけた血痕が運命を狂わせる。人と獣が繰り広げる理屈なき命の応酬の果てには。